目指すは円満な破談ですが旦那様(仮)が手強すぎます

Shinju Akino
秋野真珠

Honey Novel

Illustration

石田惠美

CONTENTS

序章

「クレイン」

宮殿をいつものように通り抜けようとして、デューク・クレインは呼び止める声に振り向いた。

宰相省の第一補佐官であるデュークを摑(つか)まえてそう呼ぶ者は少ない。二十六歳という若さで第一補佐官まで上りつめた平民はいないからだ。そもそも、数年前までデューク自身がここまで出世したいとは考えていなかった。しかし地位を手に入れなければ、まだ階級意識の根強い王国では思うまま動けない。

デュークには求めるものがあった。

欲しいものを手に入れるためなら、なんでもするつもりだし、それを誰にも邪魔させるつもりもない。

自信家で成り上がりの平民、と陰で罵られようとも、力をつけたデュークを表立って非難できる者など貴族の中にもほとんどいないのが現状だ。

この状況をこそ、デュークは手に入れたかったのだ。

だがもちろん、欲しかったのはこの地位自体ではない。

「――トレーエル閣下」

デュークは自分を呼び止めた相手が誰なのか、声で察してはいたが振り向き対面してから、慣れた所作で礼をした。

王国のブレーンと呼ばれるマイル・トレーエル宰相はデュークの上司であり、王侯貴族の中でも尊敬に値する数少ない相手でもある。

トレーエルは老齢に差しかかっているはずで、後ろへ撫でつけた髪もグレイから白に近いものの、その立ち姿はまったく衰えなど見せない矍鑠としたものだ。

若い頃から文武両道だったと噂される通り、政務官でありながらも身体を鍛えてきたおかげだろう。デュークも見習わなければと思っている。

小さな声でも話せるようデュークはトレーエルに一歩近づきつつ、何か用があっただろうか、と思考を巡らせた。

時刻は夕刻を過ぎ、宮殿で定められている政務官の終業時間も回っている。ほとんどの者が帰途につく頃だろう。周囲の政務官や武官、侍女たちも門へと向かっている。

ただ、デュークの所属する宰相省は他の部署よりも忙しく、時間も不規則であるため他部署と時間の流れが違う。だから夜遅くまで宮殿にいることも多かったが、今日は外せない用があった。そのために早めに出てきたのだが、何か急ぎの事案でもあっただろうか、と思案する。

しかし、トレーエルが口にしたのはまったく違うことだった。

「クレイン、結婚するそうだな」

デュークは少なからず驚いた。

恐ろしく耳が早い人だが、デュークの結婚はまだ直属の使用人にしか伝えていないからだ。

もちろん、上司のトレーエルにも黙っていた。

何しろ、求婚するのはこれからなのだ。

デュークはどこから摑んできたのか、上司の情報網に苦笑するしかない。

「早耳ですね。相手に伝えるのもこれからですのに」

「大事な部下のことは私事も知っておく必要があるからな。それに本気で宰相になる決意をしたのか確認もしておかねばならんだろう」

「まだ、そこまでは……」

この調子だと、デュークが貴族と結婚することも摑んでいるようで笑うしかない。

誰よりも順調に、デュークは出世街道を進んでいるが、身分は平民である。

先代国王の時代、国を発展させるために王立学院が創立された。武官、政務官、淑女教育などいくつかのコースに分かれているが、学院に入学できる者は貴族に限られてはいなかった。平民であっても優秀な成績で卒業すれば、宮殿での仕事や地方へ行っても高位の役職に就くことができる。王国の中枢で働くことができるようになったのだ。

この制度は画期的で、創立当初は貴族の力がまだ強かったものの、今では通う生徒も貴族より平民の方が多い。実力さえあれば、王国の中での地位が築けるのだ。誰もが競うように学院に入り、出自にかかわらず才ある者には道が開けた。

けれどすべてが変わったわけではない。平民がいくら地位を上げようとも、各省の大臣や代表は貴族でなければならないという悪習が残っている。明文化されていない、旧態依然とした慣例で、一番宰相に近い場所にいるデュークがその習いを覆して国のトップに据えられるのでは、と噂されているのをデュークも知っていた。

デュークとしては、今ある地位で不満はないのでその噂は噂のまま放置していた。

しかしトレーエルは、デュークが貴族と結婚すると聞きつけ、本格的に自分の後を継ぐつもりがあるのか気になるところだったのだろう。

今の王国では、平民も貴族位を取れる。何かしらの功績を残し、叙爵されるなど方法はいくつかあるが、単純なものは貴族と結婚することだ。貴族と結婚した者は、一代限りの準男爵に叙される。

平民も多く登用されている宮殿でも、出世するには貴族の地位を手にしていた方が早いという部署もある。

貴族としても、資産のある高位貴族でもない限り、裕福な平民より慎ましやかな生活をしている者たちも多い。出世した平民と縁を結ぶのは悪い話ではなかった。

ただ、デュークは違う。

実家は頼めば手に入らないものはないと言われている貿易商で、第一宰相補佐官の地位も確保した。

誰もが貴族の名前を必要としない平民だと思っているはずで、それは上司のトレーエルも同じだったようだ。

「お前が古臭い慣例に則るとは思ってもいなかったが、必要であれば泥も被ると知っているからな。何か理由があるのかと考えるのが当然だろう。その企みについてあれこれ考えるより、訊いた方が早いではないか」

「閣下、私は何も企んでおりませんよ」

「フン、その人のいい笑みで騙されるのは無知な者たちだけだろう」

「――人聞きの悪い。私は誰も騙してもおりません」

嘘をついたこともないですよ、と加えるとトレーエルは確かに年を取った顔を顰めた。

デュークは自分の容姿を知っている。

使えるものは他人だろうと自分だろうと、なんだって使う。そのくらいの覚悟がなければ今ここにはいない。

デュークには絶対に欲しいものがあった。そのためなら、自分の容姿を使うことだって躊躇わない。

「私はただ——恋に落ちただけなのですから」

「——」

正直に口にしたというのに、トレーエルは一層怪訝な表情をしていた。

「——お前の本意はこの際どうでもよい。それで、誰を陥れるつもりだ？」

「陥れるとはまた、ひどいおっしゃりようですね、閣下」

辛そうにしてみせるが、本当は誰にどう思われようが構わなかった。

トレーエルもそれがわかっているのだろう。デュークが答えるのを待っている。

こんなところで知らせるつもりはなかったのだが、ちょうどいいといえばちょうどいいのかもしれないと、デュークは隠すことなく告げた。

「私がこれから求婚する方は、リリーシア様です」

「——リリーシア……キングスコートか？」

デュークはそれが間違っていないと、にっこりと頷いた。

「ええ、王国建国から続く歴史あるキングスコート侯爵家の、リリーシア様です」

トレーエルの呆けた顔を見るのは、初めてかもしれない。

デュークは上司である宰相のそんな顔を見られたことが、楽しくてならなかった。

しかしトレーエルが驚いているのは、どれに対してだろうとも考える。

リリーシア・キングスコート侯爵令嬢という、あまりにも地位の高すぎる相手に対してか。

それとも今では名ばかりの貴族になったキングスコート家という家柄に対してか。

社交界デビュー以来、公の場にはほとんど姿を見せられないほど落ちぶれたというキングスコート家長女の行き遅れている現状に対してか。

おそらく、そのすべてだろうとデュークも笑う。

「閣下、私は……欲しいものはすべて手にしてみせますよ」

誰になんと言われようとも、デュークは、リリーシア・キングスコートが欲しいのだ。

1

『私と結婚してください』

道端で、唐突にそう言われて驚かない女はいないと思う。

明らかに地位があると見て取れる相手に出会い頭にそう言われて、リリーシアが考えたことはひとつだけだ。

何この人、こわ……っ

表情を強張らせながらも、リリーシアはその人を避けるように動いて、『すみません、急いでおりますので……』と関わり合いになりたくないという態度を隠さず逃げようとした。

しかし相手は諦めなかったようだ。

『これは失礼を。私としたことが求婚をしながら名乗りもしないのでは怪しまれるだけでしたね。私、第一宰相補佐官、デューク・クレインと申します』

『…………!?』

リリーシアは耳を疑った。

いくら世情に疎いリリーシアでも、その名前ぐらいは知っている。

今もっとも社交界で名高い平民——史上最年少で宰相の地位に就くのでは、と数少ない友

人に教えられた名前だったからだ。

『私を知っていてくださったんですか？　では話が早いですね。結婚しましょう』

『…………??』

リリーシアはさっきと違う意味で耳を疑った。

最初にかけられた言葉は空耳でもなんでもなかったらしい。

何を考えてリリーシアに求婚——それも道端で——したのか。その意味を考えて、面倒だとか困ったとかそういった感情よりも、裏があって何かに巻き込まれようとしている、と怯えと不安しか湧いてこない。結局最初と同じように、関わり合いにならないのが一番、と改めて首を横へ振った。

『申し訳ないですけど、ご遠慮いたします……』

そして今度こそ、引き止められないよう早足で、そのうちに全力で逃げた。

帰宅してひと息ついて、気にならないはずはないので友人に手紙で相手のことを訊くと、リリーシアが考えていた以上にすごい人だということはわかった。

混乱から、あれはからかわれたのか、はたまた白昼夢か、と思ったが、忘れてしまうことにした。

何か裏があるにしても、困窮しきった自分などを陥れる物好きはいないだろうと思ったからだ。

その、三日後のことである。

＊

これはいったい、どういう状況なの？

リリーシア・キングスコートは目の前の受け入れがたい現実に固まった。

いや、本当に現実なのか、と疑うしかなく、驚愕で硬直した身体が動くなら、自分の頬を叩いているところだ。

まず、内職の報酬を貰いに今日は昼前に屋敷を出て、繕い物や刺繍小物を納めて無事、その日の食事分くらいの給料を受け取った。

そこからパンと、肉の端切れを少し買った。敷地だけはある屋敷の庭で野菜は育てているから、今日の夜は温かいスープを作って家族のお腹を満足させられるはず、と心を浮かせていた。

しかし帰宅してみると、自分の屋敷の裏口を開けてくれたのは家族同然と思っている下働きの老女のポーラではなく、ピシッと糊の利いたジャケットを羽織った頭に白いものがちらつく紳士だった。

「おかえりなさいませ、リリーシア様」とさも当然のように迎え入れてもらったけれど、どちら様で、と訊き返せないくらい驚いた。姿のいい紳士だが、その服装から使用人頭の執事か家令のように見える。

「誰――」

と考えたのは、相手があまりに礼儀を弁えていたからだ。強盗や荒しを目的とした粗野な者には見えず、リリーシアはさらに戸惑ってしまった。そこに、「皆様すでに食堂にお集まりでございます」と言われたものだから、両親と弟妹、それに薄給でもいてくれる下働きの老夫婦のことが気になり、相手を振り切るように裏口から厨房を抜けて屋敷の表側である食堂へ走った。

貴族の令嬢としての振る舞いなど、構っている暇はないと足を動かし、今は使っていないはずの食堂へ駆け込むと、驚愕に足を止めて身体も固まってしまった。

「あ！　姉様遅いよ！　待ちくたびれたよぉ」

「おかえりなさい姉様！　早く早く！　姉様が帰らないと始まらないんだって！」

リリーシアの耳に届いたのは、喜色いっぱいの弟妹の声だ。

こんなに喜んでいるのを見たことがあっただろうか、と思うほど目を、顔を輝かせている九つの妹ジュリアと、八つになったばかりの弟ニコラスがいた。

「迷子になっているのかと心配して迎えに行こうかと思っていたところだよ」

「遅かったのね、リリーシア」

次いで、キングスコート侯爵家の当主である父フィリップと、その妻である母カロライナの穏やかでありながら喜びを隠せない声も聞こえた。

家族の無事は確認したものの、それらを取り囲む状況がリリーシアにはまだ理解できていなかった。

広い食堂は、整えるのが大変だからともう何年も開けていなかった。

しかし今は、その食堂にこれでもかというくらい、リリーシアも初めてではないかと思うくらい、いい匂いが漂っている。漂っているだけではなく、長いテーブルには所狭しと料理の数々が並んでいた。

真ん中に鎮座するのは、大きな肉の塊だった。ローストビーフだろうか、この家では見たことがない料理に驚く。脇を飾るのは湯気の上るスープに、色とりどりの野菜のサラダや、牛だけではない肉料理。それに高く積み上がったスイーツタワーに盛りつけられているのは、プディングではなかろうか。

とりあえず、弟妹が嬉しそうなのはこの見たこともない料理を前にしているからに違いない。さらに両親の前にはワイングラスに赤い液体が注がれていて、それが自家製のベリージュースではないことは疑う余地がなかった。

リリーシアの視界に入っているのはそれだけではない。

食堂には家族だけではなく、入り口近くと飲み物の用意がしてあるカウンターに控えている見知らぬ使用人たち、そこに家族同然の老夫婦もいた。彼らはとても恐縮していたが、無事ではある。

「――なっ、な、なにごと……!?」

帰宅してから、リリーシアがようやく口にできたのはそれだけだった。

そこにどこか甘さを含んだ聞いたことのある声がかかる。

「遅かったですね、リリーシア様。もう少しで捜索隊を出すところでしたよ」

リリーシアは、それまで硬直していた身体が突然動き出したように、ぐるん、と顔を回して声の方を向いた。

そこにいたのは、この食堂の状況よりも理解しがたい相手、今は社交界どころか王都では子供でも知っている存在――第一宰相補佐官であるデューク・クレインだった。

国中の女性を虜にする笑みを浮かべて、彼はリリーシアの前にやってくる。

「どう――」

どうして、あなたが、とリリーシアは上手く言葉にならないまま、驚愕を通り越して怒りさえ滲む声を上げた。

それを受け止めたデュークは、すべてを理解しているという態度を崩さず笑った。

「求婚相手のご家族へのご挨拶は、早いに越したことはないと思いまして」

「きゅっ」

リリーシアの言葉は、また上手く声にならなかった。

求婚。

リリーシアは、その言葉が彼の口から出るのを聞くのは初めてではなかった。

しかしそれをもう一度聞くとは、まったく予想もしていなかったのだ。

驚いていいのか、怒った方がいいのか、困惑したままのリリーシアは、とりあえず平然としたデュークがこの混乱の原因に違いないと断定して、彼を睨(にら)みつける。

「それは私はおこと――」

「姉様求婚されたんだよね！」

「デュークさまと結婚するんだよね！」

リリーシアの声を遮るように、幼い声が喜びに弾んで響いた。

弟妹は声と同じに身体中で嬉しさを表していて――目の前に並んだ料理のせいかもしれないが――年の離れた姉を見ている。

「結婚したら、ごちそうが毎日食べられるんだって！」

「馬も買って乗せてくれるんだって！」

「私のデビュタントが先よ！」

「でも馬場を用意してくれるって言ったもん！」

嬉しそうに声を張り合わせている弟妹に、リリーシアはいったい何が言えようか。

初めて目にするご馳走（ちそう）と、夢と希望を目の前にぶら下げられた彼らから、リリーシアがそれを取り上げることができるだろうか。

「リリーシアがこんな方に見初められるなんて……」

「さすがは私たちの娘だな」

両親の頬が赤いのは、喜びからというよりワイングラスの中身をすでに干してしまっているからだろう。

「ど……っ」

どういうこと――!?

リリーシアはこの状況が、やはり理解できなかった。

しかし原因だけはわかっている。

上質な紅茶にミルクを混ぜたような髪をひとつにまとめて、上級政務官の格好をしているものの、その身分は平民であるはずなのにここにいる誰よりも貴族らしい佇（たたず）まいの男。

背中に届くような長髪から一房左頬に流れているのは、自分の容姿をよく理解しているからこその髪型なのだろう。この国によくある焦げ茶色の瞳だというのに、恐ろしく整った顔立ちで笑まれるとリリーシアの意識が遠のきそうになる。絶対に自分の色香を自覚しているに違いない。

文官である政務官のはずだが、すらりとした立ち姿はひ弱な印象はなく、リリーシアより頭ひとつ高い背も合わさって麗しい第一補佐官という広く知られた形容詞にぴったりな容姿だ。

この国の平民女性どころか、貴族令嬢、貴婦人からも秋波を送られているという噂の真実味を、リリーシアは肌で感じた。

しかしその彼が、このような行動に出ているのをまだ理解できず——いや、理解したくないリリーシアは、はっきりと威嚇するような視線を向けた。

「とりあえず、食事にしましょう。どうぞこちらへ」

リリーシアの視線などまったく気にしないデュークが、両親から近い席を示すものの、リリーシアは一歩踏み出すことができない。

そこに座ったら、理解できないまでも何かに屈してしまう気がしたからだ。

「姉様！」

「リリーシア」

しかしリリーシアがいくら強情に足を止めたままでも、弟妹と、そして両親の弾むような声を、無視できるほどリリーシアは強くなかった。

「どうぞ、リリーシア様」

うぐぐ、と唸りたいのを必死で耐え、リリーシアはデュークが勧める席に着いた。

その耳元に、囁くデュークの甘い声ははっきり聞こえた。

「――後で、お話をするお時間をお取りしましょうか？」

「――――！」

当然でしょう、と答えたかったけれど、リリーシアの返答すらよくわかっているであろうデュークの笑みに、リリーシアは違う罵声を浴びせないために口を強く結んだ。

「では、温かいうちにいただきましょう」

この日、デュークの声でキングスコート侯爵家の者たちは生まれて初めて、お腹がはち切れるほどの食事を摂った。

リリーシアは我慢しようとしたものの、弟妹からおいしいからあれもこれも、と差し出されて結局食べてしまった。

どの料理もおいしかったのがさらにくやしかった。

＊

「どういうことです!?」

リリーシアは皆がデザートに移る頃、デュークを促して食堂を出た。

家族への給仕は、いつの間にか現れた使用人、メイドやフットマンがしてくれるようなので、いろいろ言いたいことはあるが大本を問い詰める方が先だと、リリーシアは客間でデュークと対峙した。

貴族としての礼節や振る舞いなど考えることもできないほど今は怒りに満ちている。

「さて、どれについてお尋ねですか？」

余裕を崩さないデュークに対して、リリーシアは初めて誰かを叩きたい、という暴力的な気分を味わった。

フルフルと震える手を握りしめながら、とぼけないでと叫んだ。

「全部！　すべてです！　いったいどうして、あなたがここに!?」

「求婚する方のご両親にお伺いを立てるのは、常識だと思うのですが……？」

「お断りしましたよね――!?」

リリーシアの叫びは、部屋の外まで響いたのではないかというくらい大きなものだった。

それと同じくらい、リリーシアは動揺し、怒り、混乱していたのだ。

リリーシアは自分を知っている。

今年めでたく二十歳を迎えたキングスコート侯爵家の長女。

働く職業婦人も増えている今の王国だが、貴族社会では未だ女性は早く結婚し家庭に入るもの、と考えられている。

おおよそ十六歳を迎える頃に男女とも王宮で開催されるデビュタントパーティに集められる。それは貴族の中では、成人を迎え結婚してもよいと国に許可されるための大事な舞踏会でもあった。

どの階級の貴族であっても、この舞踏会に出席すれば公に結婚相手を探し、またはあらかじめ決まっていた婚約者と結婚することができる。大半の貴族は己の地位や財産などを考えて早いうちから相手を決め、デビュタントの頃には婚約が成立していて——つまり結婚が早い。

どちらかと言えば女性の方が早いので、現在も貴族女性の結婚適齢期は十六歳から十八歳となっていた。

そこから二歳もはみ出たリリーシアは、立派な行き遅れと言われても仕方ないだろう。様々な事情があって結婚しない者も確かにいる。けれどリリーシアが結婚しない、できない理由は社交界では誰もが知っていた。

貧乏なのだ。

建国から続く侯爵家のひとつでありながら、よくも未だ没落せず家を保っていられるのは代々の当主の人のよさにあった。だが反対に、その人のよさのせいで今のキングスコート家はひっ迫していた。長女であるリリーシアが、隠れて内職をしなければならないほどに。

最初に騙されたのはどの当主だったのか。受け継がれる当主の日記を見ればわかるだろうが、そんなことは問題ではないくらい、代々人のいい当主は騙され、広大な領地は徐々に削られ、持っていた荘園も奪われ、現在はとうとう、王都に構えるこの屋敷だけになってしまった。

この屋敷だけ――とは言っても、この屋敷はすぎるほどに広大だった。

塀に囲まれた敷地は周囲の屋敷が二つ三つは入りそうなほど広く、今は使われていない礼拝堂や使用人のための寮、客人のための離れまであり、一番大きな本棟は散歩すると息が切れるほど大きかった。

貴族として、キングスコート家が毎年受け取る貴族年金というものが存在するが、正直そんなものはこの屋敷の管理費だけで吹き飛んでしまう。いや、古くなって補修が追いつかないことから、手が行き届いていないのはわかりきったことだった。

昔は賑やかなほど抱えていた使用人も、金がなければ雇えない。

ひとり辞め、ふたり辞め、家政婦や執事まで辞めることになり、とうとう残ったのは行先のない老夫婦だけ。彼らはリリーシアが生まれる前からこの家にいて、もはや家族だ。

そして家族だけになったからこそ、リリーシアの細々とした内職だけで生きていけるのである。維持費だけは高いこの屋敷にしても、塀を壊し切り売りすればましになるのかもしれないが、無駄にありすぎる歴史のおかげで買い手すら見つからない。

どれだけ立派な屋敷を持っていようと、どれほど長い歴史があろうと、生きていくために必要なものは肩書ではない。

社交界にほとんど顔も見せないリリーシアの、キングスコート家の現状などすでに周知のところであり、誰も地位だけはある貧乏侯爵令嬢など求めてはいないのだ。

だからリリーシアは諦めていた。

自分の結婚に対して。

そして人生に対しても、諦めていた。

諦めていないのは、家族の人生だけである。

こんな家に婿に入る者がいるとは思えない——思わなかったからか、両親はリリーシアが生まれた後、嫡男を希望し頑張ったらしい。

頑張ったけれど、リリーシアの後十一年してようやく生まれたのは女の子だ。妹は母方の美貌を受け継いだとても美しい子で、この子なら嫁に貰ってくれる家があるかもしれない、と両親は思ったようだ。そこでやめておけばよかったのに、浮かれた両親はまた頑張ったらしい。

翌年、待望の嫡男が生まれた。

父によく似た、次期キングスコート侯爵の誕生である。

弟妹が増えて賑やかになったのは嬉しかったが、リリーシアが物心ついた頃にはすでに使用人もほとんどおらず、家計はひっ迫していて子供でも「この家ヤバい」と感じたくらいなのだ。

弟妹は可愛い。特に妹は絶対将来美人になる、と確信できる。

だがリリーシアは正直なところ、思った。

――どうして産んだ？　と呑気な両親を恨まなかったと言えば嘘になる。

子供が増えれば増えた分だけ、この家は大変になる。貧しい中で、子供を育てることがどれほど大変なのか、まだ子供だったリリーシアは憂慮した。

他の家に比べれば、貴族としてはあり得ないくらい細っこい弟妹だけれど、病気らしい病気もせず、すくすく育ってくれたことは本当にありがたかった。

つまりリリーシアは、この家族のために、家族を最後まで面倒見るために、自分の人生は諦めているのだ。

まだ九歳の妹のジュリアが下級でもいいからどこかの貴族に嫁ぐか、せめて弟のニコラスが成人してこの家を継いでくれるまでは。

考えるだけでちょっと暗くなりそうで、あんまり深く考えないことにしているが。

デビュタントを迎えるまでは、まださやかな夢を見ていた。

貧乏ながらも、貴族は貴族。十六歳になったリリーシアは母の古いドレスを自分で手直しして、精一杯綺麗に、侯爵令嬢としての看板を汚さないよう気を張って舞踏会に臨んだのだ。

もしかしたら、物語のように、誰かがリリーシアに手を差し伸べてくれるかもしれない、と。

しかし、結果は現状からわかるように、惨敗だ。

リリーシアに声をかけるということは、莫大な借財しかないキングスコート侯爵家を抱えるということである。

ただの若い娘としてみれば、どこかの後添いか金持ちの平民と縁を結ぶのもよかった。だがその相手が、リリーシアを迎えたからといって侯爵家を助けてくれるとは限らない。

リリーシアはそれはそれは慎ましい暮らしを送っているが、貴族令嬢のはしくれである。

身分の高さゆえの現状を、リリーシアはデビュタントの日から思い知ってきた。

結局、顔見知りの人々と軽く言葉を交わしただけで、リリーシアはひとり壁の花になった。

誰より目立つ壁の花であることは確かで、リリーシアは視線から逃れてそっとバルコニーに出て、ひとりで踊った。踊る相手すらいなかったからである。

声もかけられないいけれど、わかり切っていたことだと気持ちを切り替え、人の目を気にすることもなく月明かりの中で踊るのは楽しかった。

そこで、リリーシアは覚悟を決めたのだ。

家族のために生きよう、と。

なのに現在、平民でありながら国の中枢にいて、さらに実家も裕福で資産もあり余る、今をときめく第一宰相補佐官のデューク・クレインに求婚されるなんて。いったい誰が予想できただろう。

＊

デュークは常に悠然たる態度だった。

まるでこの家の主人は自分だと言わんばかりに客間に馴染んでいる。

この客間にもリリーシアは驚いていた。

使っていない部屋は、全部閉じてある。もちろん、掃除の手が行き届かないからだ。

今使っているのは、両親の寝室、リリーシアの部屋、ジュリアの部屋と、ニコラスの部屋と使用人である老夫婦の部屋。そして厨房と、それに繋(つな)がる使用人用の食堂。そこに近い居間のみで、すべて一階に集めてある。

客人も来なくなった広大な屋敷を、掃除するだけの意味がないのだ。

家具にシーツをかけていたものの、使っていない部屋はずいぶん埃(ほこり)を被っていたはずだ。

しかし先ほどの食堂もこの客間も、埃も蜘蛛(くも)の巣も取り払われ見事に掃除されて、年代物のソファに座っても問題なく見えた。

そういえば廊下だって、隅に埃もなかった。

電気を引き込む余裕もないので、灯りとして燭台(しょくだい)を使っているが、この蠟燭(ろうそく)もすべて新品に換えられていて、部屋を明るく照らしている。

リリーシアは本当に、何が起こっているのか頭を抱えるほど混乱の極みにあった。

「リリーシア様、倒れる前にこちらに——イーデン、温かい紅茶を用意してくれますか？」

本当に両手で顔を覆ったリリーシアを、危ないと思ったのかデュークが紳士らしい丁寧な仕草でソファに導いてくれる。

そしてソファに座ると、キッ、と小さく音がした。

年代物で、長年手入れをしていなかったソファだ。むしろそんな小さな音で済んでいることがすごい。

そんなことを考えたのは、デュークの言葉にまた疑問が湧いたからだ。

リリーシアが顔を上げると、何故(なぜ)か当然のように隣にデュークが座っていた。

距離が近い。

そう感じた時に、ローテーブルに湯気の上るティーカップが置かれた。

置いたのはデュークではない。リリーシアを裏口で出迎えてくれた紳士だ。

改めて、誰だったか、とリリーシアが視線で追っていたところ、デュークが説明した。

「リリーシア様、彼は私の執事であるイーデンです。こちらへ来るのに際し、仕切り役が必要と思い連れてきました」

「イーデンと申します。リリーシアお嬢様にはこれからどうぞ末永くよろしくお願いいたします」

「──？」

リリーシアの頭の中は混乱を通り越し、空白状態になった。

もはや理性が、考えることを拒んだと言ってもよかった。

「ど、どう……？」

「彼はすでに貴方(あなた)の執事でもあります。よく気のつく者ですから、侯爵家でも問題なくお役に立てると思いますよ」

「──??」

にこりと笑うデュークに、真面目(まじめ)な顔で頷くイーデン。

リリーシアだけが、きょとんとしたまま話についていけなかった。

「──ああ、可愛いですね」

ぽつりと言ったデュークの顔が、リリーシアの視界いっぱいに広がった。目の前に彼の唇が見えて、反射的にリリーシアは身体をのけ反らせる。

「……!?」

「旦那様、まず、ご説明が必要かと思います」

目を瞬かせたリリーシアと、いつの間にか身体が密着していたデュークに、イーデンが冷静な声をかけた。

それにデュークが仕方なし、というように笑って少し――本当に少しだけ――離れた。

説明、と耳に聞こえた気がして、リリーシアは全力でそれを願った。

混乱したリリーシアはイーデンに一番必要なものは、それだったからだ。

リリーシアはイーデンに勧められて、温かい紅茶を一口飲み、少し冷静さを取り戻そうとした。背筋を伸ばし、この家にそぐわない上級政務官と礼儀正しい執事に意識を向ける。

デュークはまだ笑みを保ったままの表情を崩さず、リリーシアに語り始めた。

「――まず、私が必要としているのは貴族の妻です」

「――はい？」

デュークの説明は、とても簡潔だった。

平民であっても、力さえあれば上に行けるのが今の王国のあり方だ。

しかし権力は階級を簡単に飛び越えるものではなく、各省の長や大臣の座には貴族でなければ就けないという慣例が残っている。政をしていく上で、各方面へすぐに連絡が取れる伝手がある貴族であった方がスムースに事が進むためとされる。

そのため、宰相省の第一補佐官であるデュークも、いずれ宰相の座に就くには貴族である必要があり、そのために貴族との結婚が必須、ということだった。

そこで相手を考えた結果、選ばれたのがリリーシアであったと。

「…………？」

リリーシアは理解した。

どうして突然、リリーシアに求婚してきたのかを。その理由が、一代限りであっても準男爵に叙爵されるためということを。

しかしわからなかったのは、どうしてリリーシアだったのか、ということだ。

それもデュークはわかりやすく説明してくれた。

「リリーシア様。貴方は歴史あるキングスコート侯爵家の令嬢であり、未婚。そしてこの国の上位貴族において、リリーシア様以上の高位令嬢で、さらに未婚であるという方は存在いたしません」

たしかに、とリリーシアは頷いた。

「しかしながら婚家があまりに力を持ちすぎていても、不都合が生じます。私は私のやり方でこれまで生きてまいりましたし、この先も誰に言われようとも生き方を変えるつもりはないのです。ですので、婚家はできるだけ力のない貴族が望ましい――……」

なるほど。とリリーシアはまた納得した。

してしまった。

つまり彼の必要とするのは、ある程度周囲を押さえつけられるほどの高位貴族であり、なおかつ彼のやることに口出しができない弱小貴族。

リリーシアが考えても、そこにあてはまる者はこの国を端から端まで探しても極めて少ないだろう。

キングスコート侯爵家の現状を知る者なら、リリーシアが最適だと同意するだろう。

「つまり私には、貴方が必要だと思いました」

「――――はぁ、」

リリーシアは、感情が抜け落ちたように曖昧な返事をした。

そういう事情が――と考えたところで、リリーシアははっと気づいた。

「あの……本気で結婚？　私と本気でですか⁉」

今更だが、本当に遅ればせながら、リリーシアに「求婚」という言葉が現実味を帯びて迫ってきた。

からかわれたのでもなく、何かの企みに巻き込まれたのでもなく、リリーシアが必要だからの、求婚だ。

納得はしても、理解はできない。

「そうですよ？　私は貴方にしか求婚しておりませんが」

「ですけど！　必要なのはわかりましたけど、ですけど！　他にもっと相応しいどなたかが――」

「貴方が最適であると、判断いたしました」

にこりと微笑まれたが、リリーシアはその顔を見て巷の婦人のようにうっとりとはできなかった。

造りの美しい顔に微笑まれていても、嬉しいとも胸がときめくなどとも感じず、ただ、何か裏がある、としか思えなかったのだ。

状況を考え直すと、この屋敷——礼儀正しく控えている執事やいつの間にかたくさんいた使用人たちと、綺麗に整えられた部屋。そして初めて見るようなご馳走の数々。

今朝家を出る時には変わらずの貧乏っぷりだった家が、今は歴史ある侯爵家として整えられている。

ただ求婚しただけの相手の家に、ここまでする理由がわからなかったのだ。

しかも求婚相手であるリリーシアに伝えず騙し討ちのような状況を作って、である。

「——どうやら、信じてはいただけないようですね」

残念です、と落ち込んだ様子のデュークだが、顔が整っているとそんな姿すら様になっていて、なりすぎていて反対にリリーシアは警戒する。

「こんなにしていただく理由が……」

デュークはまるで子供のように、こてん、と首を傾げた。

「求愛する方に不自由させたくないというささやかな気持ちですが？」

「ささやかが大きすぎる！」

リリーシアは思わず叫んでしまったが、正直な気持ちを誤魔化すことはできない。

デュークは笑った。

「リリーシア様が困っているのなら、全力でそれを解消したいと思うのは当然のことです。どうぞこの先も遠慮なく、私を使っていただきたい」

「――使う!?」

「はい。まずは必要最低限のところだけ手を入れさせていただきましたが……如何せん、時間が足りず申し訳ございません。ですがすぐにお屋敷のすべてを修復いたします。もちろん離れなども。いつ、どなたがお越しになっても万全であるように、すぐに動ける使用人もご用意いたしました。全員、我が家で鍛えた者たちですので、不備なく使えると思います。庭も手入れを施し、おそらく裏にあったのはシークレットガーデンでは？　あれも復活いたしましょう。ああ、家庭菜園は新鮮な野菜の確保には必要かと思われますので、残しますからご安心を。後は馬車がないとご当主たちも不便でしょうから、厩舎も新しくさせてください。乗馬は貴族のたしなみ。ニコラス様に乗っていただけるよう数頭ご用意いたしました。それから一番大事な礼拝堂――……」

「待って！」

流れるようなデュークの説明に、リリーシアは途中からついていけないと慌てて口を挟んだ。

「待って待って待ってください！」

「はい、何かご質問が？」

何かどころか全部に問い返したい気持ちでいっぱいだ。

デュークの申し出を受けると、このひっ迫した暮らしから、貧乏貴族という状況から脱せるに違いない。

過去に見ないほど豊かな暮らしを送れるだろう。

先ほど食堂で喜んでいた両親、弟妹の顔が浮かび、そして提示された条件に震えた。

おそらく、デュークの手を取るだけで、家族の状況が一転する。

社交界デビューできるかな、と不安になっていたジュリアの心配もなくなる。

貴族らしい付き合いをニコラスにさせてあげられる。

優しい両親が明日の食事のことで悩まずにいられる。

家族同然の老夫婦にゆっくりとした時間をあげられる。

どう考えても、よいことしか思い浮かばない。

家族のことを考えれば、いっそのこと、どこかの金持ちにでも自分を買ってもらえれば、と考えなかったこともない。

しかし同じだけ家族のことを考えれば、キングスコート侯爵家の令嬢が身売りした事実が明らかになると家族の評判が地に落ちるのではと躊躇った。

そう思うと、今デュークから提示された条件ほど、リリーシアに都合のいいものはない。

平民は平民でも、貴族顔負けの権力も財力もある。

さらに家族のことまで考えてもらえる。

これ以上望むものはない結婚相手と言えるだろう。

しかし、できすぎていて怖い、とリリーシアを躊躇わせている。

誰よりも、どこよりも素晴らしい条件を並べられて、ではと喜んで手を取ればこれまでの当主と同じで、キングスコート侯爵家はさらに落ちぶれるかもしれないのだ。

代々の当主は、そんな状況で騙されてきたのだから。

ここは誰より、自分が冷静にならなければ、とリリーシアは気持ちを固める。

「あ、ありがたい、お話ですが――」

「ふむ、裏があるとお疑いですか？」

その通りだ！　とリリーシアは言えなかったが、不安を感じ取られているのは確かなのだろう。

誤魔化しても仕方がないと頷いた。

デュークは少し考えるそぶりで宙を見て、それから思いついたようににこりと笑った。

「では、契約を結びましょう」

「……けいやく？」

「ええ、もちろん、私に裏などありませんが――突然のこと、戸惑いがあるとは理解しております。ですので、そうですね……私が裏切らないように、従わせられるように……リリーシア様が、何か私の弱みを見つけられてはいかがでしょう？」

「……よわ、み？」

リリーシアはオウムのように言葉を返すだけでは、頭の悪い娘だとみなされると思っていても、何もかもが突拍子もないことすぎて、上手く問い返すこともできないのだ。

「はい。リリーシア様が、私の弱みを知れば——そうですね、私はなんでも言うことを聞いてしまいますね」

綺麗な顔で微笑まれても、リリーシアはすぐに返答できなかった。

混乱でちゃんと働いてくれない頭でどうにか考えて、返したのは一言だ。

「——弱みが、あるんですか？」

「はい。ございます。これを握られてしまったら、私は一切逆らえないでしょうね」

にこやかに断言されても、リリーシアにどうしろというのか。

どんなことでも言うことを聞くデューク。

自分の思うままに操れる第一宰相補佐官。

誰かに知られたら、それこそ他の貴族や政務官、野心ある者に渡ったらどんなことになるのか。

びっくりしたものの、好奇心が少しだけ湧いてしまったのも確かだ。

「その、弱みって――」

「それは秘密です」

「――え」

デュークは始終、笑みを崩さないままだった。

「ここで言ってしまうと、私が不利になりますから――なので、契約です」

そこに繋がるのか、とリリーシアは相手の目をしっかりと見た。

いつの間にか、デュークの言葉に真剣に耳を傾けてしまっている。彼の手の上で踊らされているようだが、二十歳と言っても寡聞なただの貧乏貴族の娘。考えたところで、国を動かしているような相手に敵うはずがないのだ。

ならばしっかりと聞いて、理解するよう努力した方が間違いはないはずだ。

けれど気合いを入れたものの、デュークの「契約」という提案には、やはりリリーシアは目を瞬かせるものでしかなかった。

「そうですね、一月。一ヶ月の時間をかけましょう。その間に、リリーシア様が私の弱みを見つけられたらリリーシア様の勝ち。見つけられなければ、私の勝ち、でどうでしょう?」

「勝ち、って……」

子供の勝負のような、と呆れたが、にこやかであってもデュークは真剣のようだ。

「私が勝ったら、どうするんですか?」

「それはもう、私の弱みを握っておられますからね。無条件で降伏いたします。私の資産、人材、気になるのであれば仕事にだって手を出していただいても構いませんよ」

「――――」

それは笑って言うことだろうか。

あっという間に古い屋敷を直した手段と、しっかりと教育された使用人たち。さらに国の中枢にいる政務官の仕事だ。

資産にしても人材にしても、リリーシアの想像を超えていることだけは確かで、リリーシアがこれ以上何か頼めるはずもない。

でも弟妹が、ニコラスがこの屋敷を問題なく継ぎ、ジュリアがいい人に嫁ぐことができるのなら。それはとても素晴らしいことではないだろうか。

リリーシアは浅ましくも心に浮かんでしまった希望を弾けさせないようにぎゅっと手を握りしめ、デュークを窺う。

「……それで、あなたが勝ったら……？」

できすぎていて、負けた場合が怖い。

デュークは当然のように答えた。

「私と結婚していただきますよ。私が求婚したのをお忘れですか？」

「――――」

そうだった！　とリリーシアは最初の問題を今更に思い出した。

混乱がすぎて頭がどうかしてしまったようだ。

「もちろん、私と結婚していただけるのなら、リリーシア様には憂いのないよう今後もキングスコート家に利息のない融資をさせていただきますのでご安心を」

「――えっ!?」

全然安心などできない言葉に、耳を疑った。

「ま……待って、まって……えっと、あれ……？」

リリーシアが勝てば、デュークのすべてを使うことができ、家族を養うことができる。

デュークが勝てば、リリーシアは結婚して家族を養うことができる。

勝敗が違うのに結果が同じになっている。

いったいどういうことだろう、と疑問を浮かべたままデュークを見ると、いつの間にかテーブルに一枚の紙が用意されていた。

「こちらがそれらの内容を記した契約書になります。一読して、不備がなければお名前を。それで契約は完了です」

「えぇぇ……？」

用意がよすぎる！

促されてリリーシアが紙を見ると、確かに契約書と打ってあり、今の勝ち負けの条件まで入っていた。

そして期間は今日より一ヶ月だ。

一ヶ月経てば、勝敗にかかわらずリリーシアはこの窮状から抜け出すことができる。

家族と安心して暮らせる。

もしかしたら、贅沢にも毎日おやつを食べることだってできるかもしれない。

また期待が首を擡げたリリーシアに、これもいつの間に用意したのか、羽ペンが差し出された。

「リリーシア様、ご家族のためにも、ご決断が必要ではないでしょうか?」

「う……っ」

そう言われると、ぐうの音も出ない。

こんな好条件の話は望んでもやってこないという声もどこかから聞こえてくる気がする。

自分の結婚を諦めていただけに、降って湧いた縁談に戸惑っているのも確かだが、これに乗らないと後悔するのは明白だ。

「ちなみに、契約中はこのお屋敷のことは私に――執事のイーデンが仕切るように任せていただければ。リリーシア様もご家族も、悠然と過ごしていただけるよう努力いたします」

さらに悪魔の囁きのように甘い言葉に、リリーシアは一度、ぎゅうっと目をつぶって、心を決めた。

少し、ええいままよ、と思わなかったこともない。

そして差し出された紙に、自分のサインをした。すると瞬く間に、デュークがその下に自分のサインをする。

「これで、契約は完了です。リリーシア様、これからよろしくお願いします」

「う、よ、よろ、し、く……？」

していいものだろうか、とリリーシアは思わず首を傾げてしまった。

視線を彷徨（さまよ）わせてしまうと、ずっと部屋に控えていた執事のイーデンが視界に入り、彼はどう思っているのか、と目を合わせようとしたが何故かふいっと視線を逸（そ）らされてしまった。

あれ、なんで!?

使用人は主人と視線をあまり合わせないものだが、あからさまに避けられた気がしてリリーシアは今交わしたばかりの契約が一気に不安になった。

イーデンの逸らした視線を追うと、窓の外が見えた。

手入れをしていない屋敷の庭は、どの窓から見ても荒れた緑が見えるだけだ。

景観も悪く、手を入れなければと思ってはいるが、内職と自活用の畑を管理するだけでそんな余裕はない。本当に、不必要に広さだけはある屋敷が恨めしく思う。

しかしその窓に、想定外のものが映ってリリーシアは思わずソファから腰を上げた。

「あれ……あれは!?」

見間違いか、と窓に近づいて、そして見間違いではないとわかると原因を振り返った。外では、大勢の職人らしき者たちが木材や資材を運び、雑草を引き抜き放置された庭木を整えていた。

わざわざそんなことをしてくれるのは、瞬く間に屋敷を掃除して料理まで出したデューク以外にいるはずがない。

問い詰めるつもりで声を荒らげたのに、デュークはなんでもないことのように、優雅にお茶を飲んでいた。

「ええ、庭も管理しなければならないと思い、人を入れさせました。木材は厩舎用だったはずです」

「え……っえええええ!? な、なんでです!? え、だって、契約では……」

リリーシアがデュークの弱みを見つけて勝てば家を援助してもらえる。負けてリリーシアがデュークと結婚すれば家を援助してもらえる——という考えてみてもよくわからないものだが、確かにそういう契約だったはずだ。

今日のご馳走と屋敷の掃除だけでも、申し訳なさと恐ろしさとがせめぎあっているのだ。いったいこれはどういうことか、と説明を求めても許されるだろう。

デュークは本当に平民だろうか、というどこにも粗などない所作でカップをテーブルに戻し、契約書をサッと内ポケットに入れた。それから微笑んでリリーシアを見る。

「契約は、いわば保険でしょうか。お忘れではないでしょう？　私はもともと、リリーシア様に求婚する身。心証をよくしようと、いろいろと手を尽くすのは当然だと思いますが？」

あれ、そうだっけ……？

リリーシアは自分がおかしいのか、と一瞬呆けた。

そこにデュークが畳みかける。

「ぜひ、リリーシア様には私のためにも、私の手を取っていただきたい。なので一月、この契約……勝負の結果が出るまでは、私は貴方を口説こうと思いますので、どうぞご覚悟を」

「…………」

何を、どう覚悟するのか。

リリーシアに必要なものは、覚悟ではないような……と混乱のまま考えるが、整った顔で微笑むデュークに顔が熱くなる。

顔が赤い、とわかっているのに、これは怒りなのか困惑なのか羞恥なのか、自分でも判別できかねた。

その感情の中に、ほんの少しの歓喜が混じっていることに、リリーシアは気づかないふりをして蓋をした。相手が自分の顔に自信を持っていないはずはなく、からかわれているのかもとも思ったからだ。

そしてその間に、この客間にノックがあり、顔を出した使用人とイーデンが話をして、告げる。

「――二階の清掃まで完了いたしました。お部屋を移動なさいますか？」

「ええ、そうですね。一番大きな客間をとりあえずの主寝室にしましょう」

「かしこまりました」

「――――？」

目の前で話されていることなのに、リリーシアはまたついていけなかった。いったい彼らは、なんのことを話しているのだろう。何故か不安が心を占めて、訊かずにはいられない。

「……あの、どういう意味です、か？」

振り返ったデュークが、快く答えてくれる。

「さすがに一日ですべてを掃除することは無理ですので、私たちの部屋だけは確保してほしいと掃除を最優先させました」

リリーシアは、聞き慣れない言葉を聞いた、とぎゅっと目をつぶり、聞き間違いかと思い問い返す。

「わ、私たち、、……？」

「ええ、私と、リリーシア様、貴方の部屋です」

「――――はい!?」

「私の弱みを一月で探るのですよ？　普段から一緒にいなければ、何もわからないままではありませんか」

何を当然のことを、と言わんばかりのデュークだった。言いたいところはそこではない、と告げたいのに、狼狽えるリリーシアの口から言葉は出なかった。

「それに私もリリーシア様を口説かねばなりませんので……やはりお側にいた方が双方にとって都合がいいでしょう」

重要なところはそこでもない。

リリーシアはにこやかなまま、貴族よりも貴族然とした態度で押しの強い相手に、いったいどうしたら自分の混乱が伝わるのか、ここで怒鳴ればいいのか、と迷ったものの、今更に当然のことを思い出した。

「あ――の！　あのでも、み、未婚の男女が結婚前に一緒の部屋で、なんて外聞が、その、契約でも結婚はまだ……っ!?」

混乱したままなので、言葉選びは覚束ないものの、言いたいことは伝わったはずだ。

あまりに普通に話されるし、イーデンも止めようとしないのでこれが当然かと思われても、実際に婚約している者たちでも、昼間にふたりで過ごすことは許されても同じ部屋に泊まることは貴族社会ではあるまじきはしたなさだ。

とくに、女の方の評判が地に落ちる。

結婚を望んだわけではないけれど、リリーシアの評判が落ちれば家族の、弟妹の評判まで落としてしまうのだ。家族のためにそれだけは避けねば、と必死になると、デュークはなんの憂いもないと微笑んだ。

「大丈夫です。お互いに部屋は別ですし、寝室で繋がっているだけの部屋を選びましたので」

問題なし、と微笑む男は同じ人間だろうか、とリリーシアは一瞬無の境地に至った気がした。

デュークの示す部屋がどこなのか、使っていなくても自分の家なのだからリリーシアもわかった。そこは高位の客人を長期間泊めるための部屋で、夫婦や家族で過ごしてもらうので作りとしてはデュークの言った通りだ。

だが、そこをデュークが使うだけならまだしも、リリーシアも、となるのはおかしなことのはずだ。

自分の常識はもしかして間違っていたのだろうか。

社交界にもほとんど顔を出さないため、世間の波に乗り遅れているのでは、とリリーシアは不安でいっぱいになるのだが、このデュークに何を言っても通じない気がして遠くを見つめてしまう。

そんなリリーシアを気にしていないのは、当のデュークだけだ。

やっぱり上機嫌のまま、歌うように話している。

「——ああ、楽しみですね……一月もかけて、リリーシア様に私を知っていただけるのは」

それもなんかやっぱりちょっと違う。

リリーシアは現実に頭が追いつかないが、デュークは嬉しそうに笑うだけだった。

「どうぞ私のすべてを、見て、聞いて、触れて……存分に味わってくださいね」

リリーシアは頭を抱えて蹲りたかった。

どうしてこうなった？

2

デュークのキングスコート侯爵家改造計画は金か権力か、もしくはその両方にものを言わせて着々と進んでいった。

「――でき、ちゃったわね……」

馬場が。

リリーシアは、雑草で地面さえ見えなかった厩舎の前方に整地された場所を見て、呆れながらも呟(つぶや)いた。

本当に、この屋敷の広さは半端ではない。

この広い王都の、他のどこを探せば領地でもないのに馬場を敷地内に作れる家があるだろう。

王国建国当初、キングスコート侯爵家がどれほどの力を持っていたのか、よくわかるものだ。

しかしながらこれまで使い勝手の悪いだけのだだっ広い屋敷だったのだから、もっと早いうちに切り売りするなり潰すなりしておいてくれれば、とも思わないでもない。

ただ、家に馬場ができたこと、馬が来たことを弟のニコラスはとても喜んでいる。

「姉様！　姉様馬だよ！　僕の馬！　すごくない？　カシューっていうんだ！　すっごくかっこいいよね！」

ニコラスは、厩舎が復活し馬場ができるまで、毎日庭に通って職人たちの仕事を見ていたらしい。

いつの間にか厩舎で働く者たちに馬の世話の仕方まで教わっている。

邪魔ではないか、とリリーシアは興奮しっぱなしのニコラスを憂いたのだが、職人も使用人たちも皆気さくで、しかし丁寧にニコラスを相手してくれている。

馬に乗りたい、というニコラスに、馬に乗るために必要なことをいちから教えてくれているのだ。

こちらの方が頭の下がる思いだ。

馬車止めには、新しい馬車が二台並んでいた。

一台は当主夫妻のためのもの、もう一台はリリーシアのものらしい。実はもう一台あるが、それはデュークのものであり、宮殿へ出ているため今はない。

真新しい馬車に、リリーシアの両親も喜んだ。侯爵家の当主ともなれば、現状はどうあれ宮殿に、貴族たちのパーティやお茶会にと呼ばれることもある。これまでは行く足がないので、できる限り外出を控えていたが、自由になる馬車ができたのだからとさっそく旧友との交流を深めるのに役立てているらしい。

ジュリアも綺麗な馬車を「お姫様専用」と呼び喜んで、フットマンを勝手に借りて乗ったり降りたりの遊びを繰り返している。使用人はあなたのごっこ遊びに付き合うためにいるのではない、と言い聞かせたものの、管理しているイーデンも使用人本人も問題ないと言うからリリーシアにはやはり何も言えなかった。

そしてジュリアはお古ではない、新しいドレスを貰えたことを何より喜んでいた。

「お姫様になった！」とはしゃいでいるが、身分を考えれば確かにジュリアはお姫様のような地位にいるのだ。

母より美しいプラチナブロンドの髪に、菫色(すみれ)の瞳はまさしく姫そのものだ。

この子が育てば、きっと社交界の華になるだろうと誰もが想像できるほどの美少女なのだ。

ずっと家族同然で暮らしてきた老夫婦は、使用人らしい使用人ではなくなった。

もともと、あくせく働くには厳しいほど老いたふたりなのだ。リリーシアたちも祖父母のような気持ちで接しているので、苦しい生活をさせなくてよくなったことは喜ばしい。

彼らは働こうとするも、何かをし始めるとその前に他の使用人たちが動いてしまうのだ。しかしまるっと仕事を奪うことはせず、彼らにできることは頼み、力仕事などを引き受けている。

老いた使用人に対しても、この気遣い。

リリーシアは、この屋敷をもはや管理していると言っても過言ではない執事のイーデンを筆頭に、使用人たちの有能ぶりに何も言うことができなかった。

彼らは数日かけて、キングスコート侯爵家の本棟を綺麗に清掃し、壊れた壁や内装、雨漏りのする屋根も修復し、傷んだ壁紙や古いカーテンまで取り替えて新しい屋敷にしてしまった。

さらに使用人用の寮も整えたらしく、彼らはそこで暮らし始めたらしい。

使われなくなって久しい礼拝堂にまで修理を進めていて、ここはどこだろう、とリリーシアが迷ってしまうのも無理はないはずだ。

いったいどうして、そこまでするのか。

デュークに言われたのかもしれないが、そのデュークがここまで手をかけてくれる意味すらリリーシアには未だよくわからなかった。

リリーシアを口説くため、などと言われても、これはやりすぎだと思っている。

リリーシアが逃げられないように、外堀を固めていると言われた方が納得できる。

いいえ、固められている、の……？

勢いでデュークの提案を受け入れてしまった自分が悪い、とリリーシアは思うのだが、これまでで一番楽しそうな家族の顔を見ては、契約について口にするのは憚（はばか）られた。

こうなれば、よくわからないデュークの弱みとやらを探り出し、そして不必要な援助はいらないとはっきり断るべきだ。

リリーシアがそう思ったのは、そうしないとデュークが引く気配が見えなかったからだ。初日から家族が懐柔されてから、ずっとデュークの思うままに進んでいるのだ。断ろうにも、「何か不備がありましたか」と丁寧ながら逆手に取ってもっと過剰に手を出そうとする。

これ以上の押しつけ援助——そう、これは押しつけだ、とリリーシアは気づき、それを拒否するには彼の弱みを知るのが一番早い、と悟った。

デュークがここまでできるのは、彼の資産、彼の持つ人材のおかげであって、指ひとつリリーシアたちは動かしていない。

もしデュークの機嫌を損ねた時、突然明日から貧乏に戻れという展開もあるかもしれないし、施しが借財に変わらないとも言えない。

もちろん、なんの資産も持っていなかったリリーシアたちなのだから、それは覚悟しておかなければならない。人がよすぎるためにキングスコート侯爵家はここまで落ちぶれたのだ。時には、人を欺くような、ずるい手を講じておくのも必要だと、リリーシアは考える。

つまり、デュークの弱みを握り、ここまで贅沢ではなくても、普通の貴族としての暮らしができるだけの融資を貰ってから、デュークを振ってやるのだ。

我ながら、あくどいことを考えたわ……とリリーシアは満足しながらも、人の好意につけ込んでから捨てるようで罪悪感は拭いきれない。

だが、デュークもリリーシアの地位を望んでのことのはず。

彼もうまみがあってのことだ、とリリーシアは自分の心を鬼にすると決めて、本格的にデュークの弱みを見つけることにした。

しかし今のところ、彼に感謝することはあっても、弱みになるようなところはひとつもない。

何しろ、あの後でデュークは仕事に詰めてしまい、それからほとんど屋敷に帰ってこないからだ。

昼間に着替えなどに帰ることはあるがすぐ仕事に向かうし、夜遅くに戻っても部屋で仕事をして、仮眠を取ったかと思うとまた仕事に向かう。

政務官とは、第一補佐官とはこんなにも忙しいものなのか、と弱みを探るつもりがリリーシアは心配になったが、イーデンは「いつものことです」と平然としていた。

「旦那様は、ご自分のことはご自分でよくわかっていらっしゃいますので。お休みになる時もちゃんと時間を取っておられます。自己管理のできる方ですから」

「そう……すごい方なのね」

リリーシアは感心するしかない。

傍若無人なだけかと思ったが、平民でありながら史上最年少で第一宰相補佐官まで上りつめたのは伊達(だて)ではないようだ。

それでもこんな忙しさを見れば、心配無用とは言えない気がした。

その気持ちが顔に出ていたのか、イーデンがリリーシアに柔らかく微笑んだ。

「お嬢様が心配されていたと伝えれば、旦那様はとてもお喜びになるでしょう。確か今日は晩餐をご一緒されたいと、お戻りのはずです」

「――えっ、そうなの？」

「ええ、お嬢様に会えないままでは、宮殿の独身寮で過ごしているのと同じですから」

「デューク様は、独身寮にいらしたの？」

リリーシアは、デュークに敬称はいらないと言われていたが、宰相補佐官である彼の立場を無視できるはずがない。

「はい。ですがご実家とは別にお屋敷があり、我々も普段はそこに詰めておりました。しかし主人が帰らぬ家を整えてもつまらぬもの。今はこうして働きがいのあるお屋敷に来ることができて、我ら一同とても喜んでおります」

「そ、そう……？」

真面目な使用人たちだ、ということは仕事ぶりからしてもよくわかる。

誰ひとり、空いた時間でもサボったり手を抜いたりしているのを見たことがないからだ。

短時間で屋敷を整え、これまた短時間で馬場を作ってしまったことからもよくわかる。

「さて、お嬢様には晩餐のためにお召し替えをお願いしなくては」

「え……っでも、私は――」

確かに、晩餐と呼ばれるものに出席するにはそれなりの衣装が必要だった。

しかしキングスコート家ではこれまでそんな必要はなかったし、何より晩餐会では幼い弟妹は同じ席には着けない。

リリーシアはそれが貴族としての慣例でも、これまで家族みんなで食卓を囲んできたのだから、誰かを外したりするのは避けたかった。

「あの、うちの晩餐は、ニコラスやジュリアも――」

「もちろん、ご家族揃ってての晩餐を旦那様もご希望です。ニコラス様も、ジュリア様も大事なご家族。マナーを学ぶためにも、ご一緒されて不都合はないかと」

「あ……ありがとう、イーデン」

リリーシアがほっと息を吐いたが、イーデンは自分の仕事を忘れてはいなかった。

「お嬢様はお召し替えを――お湯浴みからなさいますか？」

「あ――ええと」

リリーシアはどう断ろう、と思考を巡らせる。

そもそも、ドレスはそんなに持っていない。

ジュリアのように、新しく作ればいいとデュークが言ったが、屋敷をここまで作り変えてもらっておいて、さらに自分のドレスも、と言い出すには、リリーシアには貧乏が染みついていた。

これでも王国屈指の高位貴族令嬢なのに。

「……私は、いいわ。今着ているのだって失礼にならない服だし、とりあえずは」

「しかし……」

「その——そうね、そのうち……私が、デューク様の弱みを握った暁には、すっごいドレスを作ってもらいます。だからそれまでは」

この状況に甘んじておく。

リリーシアがいたずらを思いついたように笑うと、イーデンは少し驚いた顔をした後で、楽しそうに微笑んだ。

「それはそれは……さぞ高価なドレスになることでしょう」

「ええ、任せて」

イーデンに軽口を叩けるようになって、リリーシアは忘れていた。

デュークの弱みを握るには、デュークをよく知らなければならない——もっと彼といなければならないということを。

デュークは時間に正確なのか、晩餐が始まる直前に帰ってきた。

そう言うとここがまるで彼の家のようだ。

リリーシアは帰ってきた、とつい思ってしまったが、頬を染めている場合ではない。

両親もいろいろと助けてくれるデュークに礼を言い、ニコラスもジュリアも喜びを伝えていた。

晩餐はとても賑やかだった。

おそらく、正しい貴族の晩餐ではないと思われる。

それでも賑やかで楽しい時間が、リリーシアは嬉しかった。

デュークも、遠方の友人に会いに行けたという両親に「手土産は今これが評判のようです」と次回も行ったらよいと伝え、馬の世話を教えてもらっているニコラスに「クルーというのが私の馬です。もう老いているのですが、一生の友人とも思っています」と生き物を大事にすることを教え、新しいドレスに夢中のジュリアには「新しいドレスがたくさん出ていますが、今は古い型も反対に新しいと注目されているようです。カロライナ様のドレスをリメイクするのも面白いかもしれませんね」と古いものを大切にすることも教えてくれる。

屋敷に手を入れて、使用人を雇い、家族を潤わせてくれたデュークには、感謝しかない。

両親にはまだ結婚するとは決めてはいない、と言ったはずなのに、彼らの中ではすでに結婚は決まったも同然とされているだろう。

でなければ、さすがに同室が認められるはずがない。

いえ、もしかして、知らないのかも——？

両親や弟妹の部屋は一階で、デュークがほとんど帰ってこないこともあって、リリーシアも一階の自室で寝ているのだ。二階の客間をリリーシアと使う用に整えているなど、気づいていない可能性の方が高い。

だからまさか本当にリリーシアと同室になると本気にしていなかった。

今夜はどうするのかなどと瞑想しているうちに晩餐はお開きになっていた。

両親は食後に寛ぐのか、居間に移動するようだが、ニコラスとジュリアは専属とは言わないがメイドたちの誰かがいつも一緒にいて世話をしてくれている。

ずっと世話をしてきたリリーシアは手が離れてよかったと思う反面、空いた時間はどうしよう、と悩むところではある。

以前は内職をするのに寝る間も惜しんでいたのに、そんな必要もなくなってしまった。

しかし染みついた貧乏性は変わらず、ハンカチ刺繍だけは続けている。

いつかもしかしたら、また元の生活に戻るかもしれない。

現状はデュークの厚意でなり立っていて、いつ終わるかわからない不安定なものなのだ。

やはり、弱みを握ろう……！

リリーシアが決意を新たにしたところで、デュークが声をかけてきた。

「リリーシア様、部屋でお話をいたしませんか」

にこやかだが、その内容を考えて赤くなればいいのか青くなればいいのか、リリーシアはわからなかった。

自分に何ができるのかと不安を隠すように、俯くしかなかった。

食堂を出て、メイドが先導したのは二階に用意されたリリーシア用の部屋である。

「……あの、ここ？」

この部屋で？　とリリーシアが戸惑っていると、とても晴れやかな笑顔でメイドが振り返った。

「今日からご一緒のようですので、移動させていただきました！」

「――はい？」

一緒ってどういう――戸惑いを胸にリリーシアが慌てて客間のリリーシア側とされた部屋の扉を開けると、そこに揃っていたのはリリーシアの調度品だった。

年代物のチェストなどは、綺麗に磨き上げられている。部屋のそこかしこに置かれている小物は、リリーシアが自室に置いていたもので間違いはない。まさか、と部屋に設置されているクロゼットのドアを開けると、数少ないリリーシアの衣装がそこに並んでいた。しかも見覚えのないドレスもいくつかかかっている。

見たことのない小引き出しがあるが、何が入っているのかは怖くて開けられそうにない。

「……部屋が！　私の部屋になってる!?」

どうして、とメイドを振り返ると、まだ若い彼女はきょとんとした顔をしていた。

「――ですが、旦那様とご結婚されるのですよね？」

「――まだしてないですよ!?」

混乱して言葉遣いがおかしかったが、直す余裕はなかった。

「貴族の方は、ご婚約されたらお部屋をご一緒にされるのでは……？」

「どこの常識!? え、まさか、平民の方は、そんなことを……!?」

リリーシアは平民より貧しい暮らしをしていると思っているが、平民の暮らしを知っているわけではない。

常識が違うのかも、と思ったが、メイドは首を横へ振った。

「まさか、そのようなはしたないことは……」

はしたないと思っているのか、とリリーシアはほっとしたが、それも一瞬のことだった。

「皆、気づかれないように夜明け前には家に戻ります！」

「ええ……そ、そんな……」

「だから貴族の方は、隠さなくてすごいなぁ、と思います」

「そ、そんなわけが……」

純粋に感心しているメイドにリリーシアは脱力した。

ソファに座り込んだものの、メイドがすぐに急かしてくる。

「おくさ……お嬢様、先にお着替えを――」

今、奥様って言いそうにならなかった？

リリーシアは不安と不穏だけを抱えて、いったいこの屋敷は、キングスコート家はどうなってしまったのかと、このまま寝台に潜り込んで朝まで隠れていたいと考えたものの、その寝台が隣と共有だと思い出し、顔を染めた。

「ま、待って。待ってちょうだい……！　その、は、はし……貴族だと、平民の方よりもっと、はしたなく……！」

「――リリーシアお嬢様、よろしいでしょうか？」

この若いメイドに、どう言ったものか、と考えていると、扉にノックがあった。

許可をすると、入ってきたのは家政婦長となったアガサだ。彼女は母より年上だが、執事のイーデンよりは下だろうとリリーシアは読んでいる。いくつもの屋敷で管理をしていた経験があるらしく、こまごまとしたところに気がついてくれると母のカロライナが喜んでいた。

主に侯爵夫人である母に仕えているため、リリーシアのところに来るのは珍しい。

「どうしたの？　お母様に何か……？」

「いえ、お召し替えのお手伝いと――……リリーシアお嬢様への助言を、と差し出がましいとは思いながらも、顔を出してしまいました」

「助言？」

着替えるのは変わらないのね、とリリーシアは総勢三人になったメイドによってドレスを脱がされる。

幼い頃に、すでに自分の面倒は自分で見るしかなかったリリーシアだったから、他の貴族令嬢のように誰かに着替えを手伝わせることに戸惑いはあったものの、迷いのないメイドたちの手に諦めもあって任せることにしていた。

恥ずかしがる方がおかしいような気がしたのだ。

それに手早い彼女たちにかかると、ドレスを脱がすのも着せるのもあっという間だった。

柔らかで薄い布になったなぁ、と思うと、上から分厚いガウンをかけられて前で紐を結ばれた。

あれ、この格好――

ふと気づいたものの、同時にアガサから声をかけられて意識を向ける。

「リリーシアお嬢様、私は僭越ながら、イーデンよりお嬢様と旦那様の契約……勝負事について、伺っております」

「――――あ、」

リリーシアがはっとすると、メイドたちはさっと部屋から出ていっていた。

部屋にはリリーシアとアガサしかいない。

アガサは用意してあったティーポットに手をかけ、手早くお茶を用意しながらリリーシアにソファに座るよう促す。

「――どうぞ」

温かい紅茶にはミルクがたっぷり入っていて、甘さにリリーシアはほっと心を落ち着けた。

「……ありがとう、おいしい」

「これくらいでしたら、いつでもご用意いたします」

生真面目に見えるアガサの心遣いに深くため息をついたところで、彼女は本題に入った。

「リリーシアお嬢様、お嬢様に必要なのは、先手かと思われます」

「せ、先手？」

いったい何を言い出したのか、と訊き返したのだが、アガサは真面目に頷く。

「旦那様との勝負、お負けになりたくないのだと勝手ながら愚考いたします。しかしあの旦那様相手に……申し上げにくいのですが、あまり世情をご存じでいらっしゃらないお嬢様では――」

「はっきり、世間知らず、と言ってくれても問題はないわ。その通りだもの」

そして、誰が見てもあの押しの強いデュークに敵わないと思われているのだな、とリリーシアは実感した。

確かに、初対面から勢いに呑まれて流されてしまっている。

リリーシアがどうにかしたいと思っても、どうしたら彼の弱みが手に入るのかすら思い浮かばない。デュークをよく観察するくらいしか、世間も知らないリリーシアにはできないのだ。

デュークのことを調べるのなら、友人の誰かに手紙を書くか会って訊いてもいいだろう。以前に簡単な評判を尋ねただけでも、詳しい返事が貰えたくらいなのだから、社交界では彼のことは噂になっているのに間違いはない。

しかしリリーシアがもっと詳しく訊こうとすれば、相手も事情を求めてくるだろう。まさか、求婚を断るために弱みを探しています、などと答えられるはずもない。

アガサはこの状況をよく理解しているのか、助言をくれると言う。それに乗らない手はない。リリーシアは身を乗り出した。

「どうすればいいのかしら？」

「――色じかけ、でございます」

「――――えっ」

母より年上の、真面目な家政婦長の真剣な言葉とは思えず、一瞬頭が真っ白になったものの、「色じかけです」と繰り返されたので、聞き間違ってはいないようだと気づいた。

「そもそも、古来より男性を虜にする手練手管は女性にとっては必要不可欠なもの。これは身分を問わず、今もよく使われている手でございます。男女がお互いを試すため、愛情の深さを測るため、相手に探りを入れるのは当然のこと。これはとても有効な手段なのです」

「え…………と」

どう答えるのが正解なのか。

そこまで教えてほしいものだった。

戸惑いがよくわかるのだろう、アガサはそれも道理、と深く頷いた。

「もちろん、ほどよく、相手の口を軽くするため、気持ちを打ち明けさせるためのものです。まさか婚姻前から身体を重ねる、などという必要性はまったくございませんし、そのようなはしたないことをお勧めいたしません」

「あ…………はい」

色じかけってはしたなくないんだ、とリリーシアはぼんやりと思った。

「男性は女性の色香には弱いもの。ほんの少し、そのガウンをずらすなどし、旦那様の意識を向けさせておいて情報を引き出す――これこそ、今リリーシアお嬢様が必要な手管かと」

「…………う、うん？」

真面目に説明されて、リリーシアはわかったようなわからないような、思考が理解するのを止めているようにも思うが、曖昧に頷いた。

そして着せられたガウンの襟元を少し広げてみた。

「――――！」

そこにあったのは、薄く柔らかな生地――寝着だった。

しかもリリーシアのものではない、見たこともないレースのあしらわれた薄い――身体が透けるほど本当に薄いものだ。

夜ならはっきりとは見えないかもしれないが、身体の形はわかるだろう。

自分がどんな格好をしているか今更になって気づいて、自分を抱きしめるように腕を回す。

「わ、わ、私……っ、こんな格好で……!?」

デュークに色じかけをするのか。

アガサは言葉にならない声にこくりと頷いた。

「ですが決して、御身を許してはなりませんよ！　大事な大事な、結婚前のお嬢様のお身体ですから！」

「そ、そうですが……」

その身体で色じかけをしろなどという助言はどうなのだろう。

また混乱してきたリリーシアだが、アガサが「そろそろ旦那様がいらっしゃいます」と言うと、とたんに緊張が増した。

そしてその通り、アガサが部屋から出ていくなり、寝室へと繋がる扉がノックされた。

「――リリーシア様？　もうお休みになりますか？」

「あ……っえ、ええと、まだ……っです！」

「では、少しお話をさせていただいても？」

「――はいっ」

答えたものの、リリーシアはどこか隠れる場所はないかと視線を彷徨わせる。

こんな格好、家族にだってそうそう見せることはない、と狼狽えてしまう。不安と混乱で冷や汗まで背中に感じたが、部屋に入ってきたデュークも服を着替え、簡易なシャツとトラウザーズというラフな服装になっていた。

「お茶を――と、思いましたが、もうありますね。ご一緒させていただいても？」

「あ、はい、どうぞ！」

「では、失礼します」

デュークはテーブルの上に用意されたお茶を目にして、ティーカップに自分の分を注いだ。

ふたつあるカップにしろ、大きなポットにしろ、使用人たちはこうなることがわかっていたようだ。

リリーシアはそれも恥ずかしい、と顔が熱くなったのだが、デュークは平然としたもので、カップを手にリリーシアの隣に座り、寛いだ様子でそれに口をつける。

「うん、おいしい……アガサが淹れましたか？」

「あ、はい……そうです、先ほど」

「お茶に関しては、使用人の中ではアガサが一番なんですよ」

にこりと笑って教えてくれるデュークは、普通だった。

いや、寛いだ様子ではあるが、夜遅くに部屋に男女がふたりきり、という状況にまったく慌てる様子も狼狽えることも、性急な様子すらない。

リリーシアは、自分だけが気まずく思っているのか、と深く息を吐いた。

緊張したのは、アガサに色じかけ、などと言われたからであって、デュークにしてみればただ話をしに来ただけなのに他になんの企みがあるのか考えるまでもないはずだ。

「リリーシア様――」

しかしながら、自分が薄着でいることは事実。

恥ずかしさを押し込めて、どうにか自分のペースに引き込まなければ、とデュークを遮るように声を上げた。

「――あの！　訊きたかったのですが！」

「――なんでしょう？」

訊き返されて、何を訊くか、と考える。

弱みを教えてください、と頼まれておいそれと教えてくれる者はいないとさすがにリリーシアもわかっている。

リリーシアの言葉を待っているデュークに対し、早く質問を、と考えた結果、口が動いた。

「――どうして、敬語なんでしょう？」

「敬語？」

訊いておきながら、なんだその質問、と自分でも思った。

しかし、実は最初から気になってはいたのだ。デュークの丁寧な話し方について。彼の身分が平民であり、リリーシアたち貴族に対するものかと思っていたが、彼は自分の使用人に対しても同じように丁寧に話す。

「丁寧に……私にも、イーデンたちにも、お話しになりますよね？」

「ああ……そうですね」

デュークは目を何度か瞬かせて、今気づいたように頷いた。

「これが当たり前でしたので、今は誰も気にしませんし……普通だと思っていましたが、初めての方は驚かれるかもしれませんね」

確かに、と言うデュークの笑みは、リリーシアが警戒するような嘘臭さのない、寛いだ柔らかな笑みだった。

そんな笑顔も持っていたのか、とリリーシアの胸がうるさく鳴ったが、ややこしくなりそうだとそんな感情に慌てて蓋をする。

「これは昔から、としか言えませんが……幼い頃から、そうしつけられましたので」

「しつけ……ですか？」

「ええ。私の実家が、貿易商を営んでいることはご存知ですか？」

「……はい」

「両親は、跡を継ぐことを強要したりはしませんでしたが、どんな道に進もうとも、言葉遣いだけは気をつけておくように、と常々言われまして……商人であればお客様に対してですが、今は宮殿で身分の上の方にお会いする機会も多いですので、そうしつけてくれたことに感謝をしています」

「な、なるほど……使用人の方にも、分け隔てなく？」

「ええ、私は不器用なので……使い分けは苦手でして」

恥ずかしながら、と苦笑するデュークも初めて見る。

リリーシアは納得しながら、自分と境遇のまったく違う人を見て不思議にも感じた。

「リリーシア様は……」

「え？」

デュークが視線を落とし、リリーシアの膝に置かれた手を見ていた。そしてその手を、掬(すく)うように自分の手に乗せる。

「リリーシア様は、何か不都合などございませんか？　何か、足りないものなどは」

「そ、そんなの、ありません！」

リリーシアは慌てた。

ここまでよくしてもらって、さらに何かを強請(ねだ)るなどという強欲なことがリリーシアにできるはずがない。しかし、デュークの弱みを握ってこの家に融資をしてもらおうというのは、すでに充分強欲なことではないか。

けれど動揺して声が上ずったのは、そのためではない。

このキングスコート家を、落ちぶれて使用人もいなかった家を回してきたのはリリーシアだ。当然のことながら、針仕事も家事も引き受けていた。

ここ数日、何もしないという甘やかされた状況にあるとはいえ、ひび割れて荒れた手が綺麗になっているはずがない。

その手を、今デュークに触れられているのだ。

デュークの手は大きく、男の人のものだ、と改めて実感した。さらに男の人であるのに、荒れた様子もなく綺麗な指をしていることにも気づく。

対して自分は、と落ち込みそうにもなる。

「あの」

「はい？」

「あの、手、を……」

「手ですか？」

リリーシアはすでに顔が真っ赤になっていた。

けれど問い詰めるデュークが――その目が、笑っているよう感じて、感情が爆発する。

「――手が荒れているので離してくださいっ！」

叫びながら、リリーシアは自分の手を奪い返した。

それほど強く握られていたわけではない。簡単に手は離れたが、デュークは含み笑いをやめない。

リリーシアがこんなに動揺しているのに、デュークは平然としている。慣れているのだろうか——きっとそうなのだろう。

人の噂になるほどの男が、異性から声をかけられないはずもないし、こんな状況も初めてではないに違いない。

「リリーシア様の手は、綺麗ですよ」

「お世辞は結構です」

「私はお世辞が苦手なので……家族のためにすべてを捧げていらっしゃる、素晴らしいリリーシア様の立派な、綺麗なお手です」

「…………っ」

リリーシアの状況を、よくわかっているデュークの言葉に、嘘はなかった。

しかし、真面目に言われても反応に困るのも確かだ。

「……っあ、あまり、近づくのも……っ」

身体が密着している気がする。

リリーシアはいつの間にか、デュークとの間に隙間もないことに気づいた。

あまり近くにいては、この動悸が聞こえるのではないかと、リリーシアは心配になる。

けれどデュークは離れるつもりはないらしい。

「お忘れかもしれませんが……私はリリーシア様を口説かねばならないんですよ」

苦笑のような吐息を零したデュークに、リリーシアの呼吸が跳ねた。

口説く。

改めて言われると、この状況が一層恥ずかしく思えた。

結婚も諦めていたリリーシアがこんなに異性と近づくのは、弟のニコラスを抱きしめる時くらいなのだ。

「貴方を、口説かせていただけますか……？」

「く……っ」

それに、なんと答えればいいのか、リリーシアにはまったくわからなかった。

ただ、この状況に狼狽えるだけではだめだ、とアガサの助言を思い出す。

デュークのペースに引き込まれてはだめなのだ。自分のペースに持ち込まなければ、このままリリーシアの負けが決まるだろう。

そうしたら、デュークと結婚することになるのだから。

結婚――彼と？

デュークを改めて見て、なんて整った顔立ちだろうと思う。

どこか高位貴族の血が混ざっているのでは、と思うくらい造形の整った顔だった。上質な紅茶にミルクを混ぜたような髪も、その焦げ茶色の瞳も、リリーシアを惹きつけてやまない。

いつの間にか、彼の目に見入っていて、リリーシアははっと気づいた。

慌てて顔を背けて、ソファの背にデュークの手が回っていることを知る。それが少しずれただけで、リリーシアの肩に触れそうだった。そうなると、ほとんどデュークに包まれているようになってしまう。

いつからこんな体勢で、と戸惑いながら、リリーシアはこの状況を利用しなければ、と決意する。

「……あなたが口説くのであれば……私はあなたの弱みを探ります」

リリーシアは、ほんの少しだけ、と思いながらも緊張した手を自分の胸元に伸ばし、ガウンの襟をそっと広げた。

デュークの視線がそこに落ちた。

──効いてる！

リリーシアはアガサの助言の効果に驚きながらも、もう少しだけ広げた。

リリーシアの胸元が、充分見えるくらいだ。

「何か……苦手なものが、ありますか？」

言ってから後悔した。

正直に訊いて、答える相手がいるだろうか。

しかし、デュークは答えた。

「苦手……そうですね、あまり、甘すぎるものは、苦手です」

彼の視線は、リリーシアの胸元に落ちたままだ。

効いてる、とリリーシアは喜んだ。

こんなことが、本当に通じるなんて色じかけってすごい、とリリーシアは感嘆した。

「ほ、他、には……っ？」

まさか甘いもので懐柔されるとも思えない。

そもそも、甘いものはリリーシアが与えられているのだ。

大好きなプディングが食卓にあるだけで、なんでも言うことを聞いてしまいそうになる。

「他……うーん、辛すぎるのも、実は苦手です」

「辛いの、だめなんですか？」

「少しくらいは、大丈夫ですけど」

秘密ですよ、と顔を上げて笑うデュークの視線が、あまりに近すぎることにリリーシアは今更気づいた。

「ひ……ひ、みつ？」

「でも、それは弱みとは言えませんね」

「……そ、そうですよね」

リリーシアの心が浮き立ったのは、デュークの笑みにではなく、ひとつ秘密を知ったせいだ、と思おうと努めた。

またデュークは視線を落とし、いつしか彼の顔が首筋に触れそうになっている。

「弱いところ……どこでしょうね？」

「ど、どこ？」

「ええ。自分でも、自分の身体の弱いところは、存外知らないものです」

「弱いところ、ですか……？」

「ええ、リリーシア様は、弱いところはございますか？」

「弱い……」

リリーシアは真剣に考えて、そういえば、と思い出す。

「……子供の頃から、くすぐったいのが苦手です。脇とか、足の裏とか、ニコラスたちが時々いたずらでくすぐって——ッひゃん!?」

よく遊んだものだ、と思い出しただけだったのだが、声を上げたのはデュークがその長い指でリリーシアの脇を突いたからだ。

思わず脇をガードしてデュークから離れたが、一瞬驚いた彼はリリーシアの反応に堪えられず、笑い出した。

「は、ははは、す、すみません、つい……可愛らしい反応でしたので」

「か……っ！」

可愛くは、ない、とリリーシアは断言したい。

苦手だと言ったのに、そこを攻撃してくるデュークはやはり油断がならない。

リリーシアは自分を抱きしめるようにしながら、デュークの身体をじっくりと眺める。

「……デューク様は、どこです？」

「……弱いところですか？」

「そうです、私だけ、教えるのは……不公平か、と」

不公平ってなんだろう、とリリーシアは思ったが、デュークは考えてくれるようだ。

「不公平、ですか……しかし弱いところ……とりあえず、脇をくすぐったいと思ったことはないですね」

「本当に？」

リリーシアは思わず、自分の手を伸ばしてデュークの脇に指先で触れた。

薄いシャツを着ているだけだ。すぐに肌の感触があったが、顔を見上げてもデュークの反応はない。

「くすぐったくないんですか？」

「ないですね。なんならもっと触っていただいても構いませんよ」

「え……っ」

「弱みを探るのでは？」

そうだった、とリリーシアは怖気づきそうになった気持ちを奮い立たせる。

脇ではなく、肩、そして腕にも触れた。指ではなく、ぺたりと手をつけてみて、硬いことに気づく。

筋肉だろうか。本当に自分とは違う、と改めて思いながら、つい手の方まで撫でて、反応がないと脇腹に移動する。

「……ここも？」

「まったく」

いったいどこがくすぐったいのか、とリリーシアはそのままお腹に手を這わせて、寛げた胸元に移る。大胆にもペタペタと触っても、デュークの反応はなかった。

「…………」

半ばむきになって、リリーシアはデュークの上体に手を這わせる。

しかし首筋にまで伸ばしても、反応は返ってこなかった。

ただ、普段より低い声が耳に届く。

「……リリーシア様、お気づきですか？」

「……え？」

あまりに近くで声が聞こえて、リリーシアが顔を上げると目の前にデュークの顔があった。いつの間にか、リリーシアはデュークの身体を探るのに夢中で圧しかかるような格好になっていたのだ。

気づいてから、慌てて赤い顔で離れようとしても、リリーシアの腰にデュークの手が回り、そこで指を組んで囲ってしまった。

「……っあ、あの……っ」

「弱みを探るんでしたね？」

そうだった、とリリーシアも思い出したものの、しかしこの体勢はどうなのだろう、と動揺が収まらない。

「そういえば私は、昔から甘やかされることが好きでした」

「あまやか、す……？」

「ええ、抱擁など……されると、安心してうっかり話してしまうかもしれません」

「抱擁……」

リリーシアは、ニコラスやジュリアを抱きしめる時のことを思い出し、さっと手を伸ばしてデュークに抱きついてみる。

「…………」

「…………」

沈黙がふたり分あった。

リリーシアは、後先考えずに行動した自分を思い切り罵ってやりたかった。

弟妹とは違う、デュークは自分よりも大きな、立派な男性なのだ。

回した手が背中に回らない。胸板が広く、とても厚い。おまけにすごく硬い。

この状況を、どうしたらいいのかリリーシアにはわからなかった。

ふう、と頭上でため息をつく音が聞こえた。

混乱しているのは、リリーシアだけではないかもしれない。

「……リリーシア様、私は、抱きつかれるより抱きつく方が好きかもしれません」

「そ、そうですか!?」

デュークの声に、リリーシアは救われたとばかりに身体を起こしてデュークから離れる。

そして、どうぞ、と両手を広げた。

「…………」

広げてどうするのか。

リリーシアは自分が情けなくなった。

しかし表情も身体も固まり、どうしよう、と狼狽えている間にデュークが笑った。

「では、遠慮なく」

「……ッ!」

デュークは、本当に遠慮なくリリーシアに抱きついた。

リリーシアと同じように、胸元に顔を埋めるようにして背中に腕を回したのだ。

ぎゅう、と力を込められると、苦しくはないが落ち着かなくなる。

デュークの顔が、リリーシアの胸に埋まっているせいかもしれない。

「デュ、デュー、ク、さ……っ」

リリーシアは広げたままの手を、どこに落としたらいいのかと彷徨わせた。直視するのも躊躇われたが、視線を落として胸元を見る。

そこにあったのは、デュークの頭頂部だ。

紅茶にミルクを混ぜた、甘い色の髪だ。

弟妹以外のつむじを見たのは初めてかもしれない。そして、思った以上に柔らかそうな髪だと気づいた。考えるよりも前に、手が動く。

綺麗な髪は、手触りも素晴らしかった。

思わず、弟妹を撫でるようにして頭に触れてしまう。

「…………」

胸元で、何かくぐもった音が聞こえて、リリーシアは手を止めた。

「……デューク様？」

「……私は今、甘やかされていますね」

「そ……そうですか？」

こんなことが？　とリリーシアは思ったが、他人の気持ちを量ることは難しい。

彼が言うのなら、そうなのだろう。

デュークが強く、胸に顔を埋めた。

ガウンがはだけて、寝着の間に顔が入っている気がする。

「デュ、ク、様っ！」

それはどうなのだろう、と制止の声を上げると、デュークの抱擁が緩む。

ゆっくりと顔が離れて、リリーシアはほっと息を吐く。その瞬間、デュークの顔が上を向き、近づいた。

「…………！」

気づいた時には、唇がくっついていた。

一度触れただけで、すぐに離れたけれど、びっくりして心臓が一瞬止まったリリーシアは、デュークの笑い声で息を吹き返す。

「――はは、顔が真っ赤ですよ、リリーシア様」

「――っと、突然に！　こんなことをするから……っ」

「おや、では口づけをいたします、と宣誓してからの方がよかったでしょうか……」

「宣誓などいりませんっ！」

「宣誓が必要ないとなると、やはりしたい時、すぐに、となってしまいますが……？」

「そもそも──く、くち、口づけはっ、許可をしていませんからっ」

「ああ、許可制でしたか……では次回より許可をいただいてからにしますね」

「な……っ」

リリーシアは真っ赤な顔で、突然復活した心臓がうるさく鳴っていることにも狼狽えているのに、デュークは楽しそうにリリーシアをからかっている。

からかっているのだ。

それに翻弄される自分が情けない、とリリーシアは泣きたくなってきた。

しかし泣いている暇はないと、自分のすべきことを思い出してデュークを睨みつける。

睨んだというのに、視線を受けたデュークはどこまでも嬉しそうに受け止めている。

「私は、口説く、と、申し上げたはずですが……？」

口説かれているのか、からかわれているのか、その判断がリリーシアにできるはずもない。

社交界でそんな経験もしていないのだ。

結局、リリーシアにできたのは、ぷいっと子供のように顔を背けることのみだった。

子供じゃないのに！　ニコラスみたいに！　私は!!

自分に呆れて内心罵りながらも、リリーシアは自分の行動を制御できないでいた。

私はいったい、どうしたというの？

自分の情動に、不安まで過る。

どうしよう、と思考の中に沈もうとしたところで、デュークの手が伸びていた。

「どうぞ、リリーシア様」

「え……っと？」

リリーシアは思わずその手を取りながら、どこへ行くのかと首を傾げる。

「もうお疲れでしょうから、寝ませんか？」

「寝る……っ!?」

デュークに促されたのは、彼の部屋と繋がった寝室だ。

そこには大きな寝台があって、すでに寝る準備も整えてあった。

寝台を見て、改めてリリーシアは状況に狼狽える。

「こ、こ……っこ、れ、こん、な……っ」

「ははは、大丈夫ですよ。婚礼前に、リリーシア様の純潔を奪ったりなどいたしません。そのような男に見えますか？」

笑われて、思わずリリーシアの目が据わった。

見える、と言ってしまいたいが、視線で気づかれたかもしれない。

「今日は寝るだけです……私もさすがに疲れておりますし、その時には万全を期しておきたいので」

万全を期す？

リリーシアは首を傾げていると、そのままひょいと抱き上げられた。

「……っ!?」

驚いていると、ゆっくりと寝台に下ろされる。

上掛けを捲った敷布に転がされ、デュークがその横に潜り込んでくる。

「あの……っ」

抵抗を、と身体を動かす前に、デュークが上掛けをふたりの上に素早く戻し、リリーシアにぴたりと寄り添ってきた。

先ほどの、甘えた格好だ。

「このまま……寝ましょう」

「…………」

デュークの声は寝入りそうに蕩けていた。

疲れている、というのは冗談でもなんでもなく、本当のことかもしれない。

思い返せば、リリーシアの家に初めて来て以来、ずっと仕事に詰めていたのだ。

久しぶりに寝台で眠るのかもしれない。そう思うと、抱きつかれたリリーシアが彼の眠りを妨げるのも躊躇われた。

ガウン、着たままですけど……

リリーシアの胸元の柔らかさを確かめるように顔を寄せるデュークに、思うところがなかったわけではないが、そのうちに力を緩めた彼の腕に自分の身体の力も抜いた。

「……あ、火を」

「後で、イーデンが」

「そうなんですか？」

「あと……私の弱みですが……リリーシア」

「…………」

それを最後に、デュークの声が途切れた。

眠ったのだ。

そう思うと、リリーシアも何も言えなくなった。びっくりして言葉もなかったのだが。

デュークの言葉に、緊張した。弱みを教えてくれるのかと期待して、そして自分の名前が出たところで、まるでリリーシア本人が彼の弱みのように呟いたからだ。

しかしデュークは眠ってしまった。

なんてことを！　お世辞は苦手とか言いながら冗談を言うなんて！

しかもこのタイミングで、とリリーシアは暴れて罵りたい気分だった。

けれどデュークは疲れ切って眠っているのだ。

その上、リリーシアにしっかりと腕が巻きついている。

リリーシアはしばらく考えたものの、諦めて自分も目を閉じた。
そのうちにイーデンが来るようだから、彼が来たら離してもらおう、と考えていた。
しかしリリーシアが次に目を覚ましたのは、鳥の囀りが耳に心地よい朝であった。

3

リリーシアが目を覚ました時、すでに陽は昇っていた。

「……ん、」

「お目覚めですか、リリーシア様」

さわやかさを振り撒くような声が、耳に届いた。

リリーシアは明るい部屋に顔を顰めながら、ゆっくりと瞼を上げる。そして視界に入ってきたのは、他の誰でもないデュークだ。

「…………」

「おはようございます、リリーシア様。昨夜はとても安眠できました。ありがとうございます」

上級政務官の制服に身を包んで、すっかり支度を終えたデュークがにこやかにベッドの端に腰を下ろし、まだ布団にくるまっているリリーシアを見ていたのだ。

「――――っ!?」

悲鳴を押し殺したのは、我ながら賢明だった。

しかしがばっと上体を起こし、状況を確認して、自分の格好が乱れていることにまた動揺して上掛けを手繰り寄せる。

「デュ、デューク、様!?」

「はい。お目覚めの紅茶を運ばせましょうか？」

「な、な……っなん」

狼狽えているリリーシアをまったく気にすることなく、いつもの様子でいつもの対応のデュークに、まだ頭が眠っているのではと疑ってしまう。

朝を迎えたのだ。

同じ寝台で、未婚の男女が。

もちろん、先にデュークが眠ってしまったのは覚えている。何か間違いがあったわけではないだろうが、イーデンが火を消しに来た時、デュークを残して一階の部屋に戻る予定だったリリーシアとしては、現状を受け入れるにはまだ時間がかかった。

「ああ……狼狽える貴方も可愛らしい」

「な……っ!?」

リリーシアの言葉を奪ったデュークの手が、そっと乱れたリリーシアの髪に伸ばされた時、寝室の扉がノックされた。

「――旦那様、馬車の用意が整いました」

イーデンの声がした。

「わかりました。すぐに向かいます」

扉の向こうへ返事をしたデュークは、またリリーシアに視線を戻し、名残惜しそうにその姿を眺めて、立ち上がった。

「もう少しゆっくりしたいところだったのですが……仕方ありません。また、昨日のように甘い夜を過ごせることを期待いたします」

そう言い残し、デュークは仕事へ向かった。

「…………」

残されたリリーシアには、状況を理解する時間がまだ必要だった。

＊

家族で賑やかな——もちろん豪華な内容だったからだが——朝食を摂った後、父はニコラスと馬場に乗馬の練習に行くと言い、ジュリアは仲がよくなったメイドとお姫様ごっこに励むという。ジュリアについているメイドは子守扱いになっている気がするが、メイドが嫌がっていないのならいいのだろう。

リリーシアはこれまでと変わらない簡素な服を着ていた。クロゼットには新しいドレスが並んでいたが、あれは自分のものではないと思っているからだ。

家族たちは新しく貰った服を遠慮なく着ているが、このデュークの融資――というより奉仕のような行動に、納得できるはずがないし、甘受するわけにはいかないと状況を理解しているからだ。

もしリリーシアが一月後、賭けに勝って結婚しないとなった時、この富んでしまった生活はどうなるのか。

すでに弟妹は順応（じゅんのう）しているし、両親も切り詰めない生活は嬉しいはずだ。

何より、誰も苦労を考えなくていいと思うだけで、リリーシアだって嬉しくないはずがない。

ただ、契約のことを考えると、リリーシアだけが不安になるのだ。

リリーシアは、ひとりでいるだろう母の部屋を訪ねた。

両親の部屋は一階から移動しておらず、広さもあるとは言えない。今は屋敷のどこもかしこもが磨かれ、新しく生まれ変わったようになっているので、もちろんもっと広い部屋に移動しても問題はないが、両親も弟妹も移動はしていない。

もしかして母は何かに気づいているかも、と考えると、自分の不安も相まって複雑な顔になった。

「――お母様？」

「どうぞ、リリーシア……今日は時間が空いているの？」

古いが、お気に入りのひとり掛けのソファに座り、得意の白糸刺繡をしていた母のカロライナは手を止めずリリーシアを迎えた。

もともと、この家の財政状態を理解していた母も嫁いできてから内職として刺繡をしていたが、その理由は好きだからだ。リリーシアも母の刺繡は好きだった。サシェやドイリーもいくつか作ってもらっているし、一番のお気に入りは真っ白だが複雑な刺繡が刺してあるベッドカバーだ。もう内職の必要はなくなっても、やめることはないのだろう。

リリーシアも、内職や昼食目当ての西門の清掃に行かなくてもよくなった分、時間は余っている。

本当なら、貴族の令嬢であればそんな時間は家庭教師をつけて勉強、もしくは繫がりのある他の貴族との交流に忙しいはずだが、貧窮していたキングスコート侯爵家ではまず同格の家との付き合いはないに等しいし、それ以外の交流も途絶えて久しい。そんな付き合いがないとすれば、貴族らしい勉強だって必要がないのだ。

そもそも、貴族であるならこんな時間――早朝から家族で朝食を摂ることだっておかしい。

夜会の多い貴族社会では社交界に出るようになれば夜が遅いし、つまり朝も遅い。さらに幼い子供と同じテーブルに着くことも褒められたことではない。礼儀やマナーが身に着くまで子供はナニーと過ごすのが当然なのだ。

デュークのおかげで生活にゆとりがあるのに、いつもと変わらず家族団らんな自分たちの方がおかしいのだが、デュークの連れてきた使用人たちはなんの不満もなさそうに接してくれている。

リリーシアはそれすら自分の首を絞めているように感じて、気持ちが落ち着かなくなり、そのままの顔を母に見せてしまった。

「——どうしたの？」

行儀悪くも、母の側にあったオットマンに座ったリリーシアに、カロライナは手を止めて顔を覗き込む。

「その」と一瞬戸惑ったものの、リリーシアは自分の気持ちや戸惑いを打ち開けることにした。

もちろん、賭けの話まではできないが。

「——お母様、この状況、どう思っているかしら？」

「この状況？」

「この——デューク様による、至れり尽くせりの！　これよ！」

リリーシアが手を振りながら示すと、カロライナは少し宙を見るように考えて言った。

「屋敷がどこもかしこも磨かれて暮らしやすくなって、いつの間にか使用人が増えて雑用がなくなって調理人が毎食豪華でおいしい食事を作ってくれて馬車も馬も充実して私たちは社交に戻ることができてニコラスは馬に夢中になってジュリアはお姫様気分を味わえてリリーシアが結婚を控えて明日の生活の心配もしなくてよくなったありがたいこの状況ね？」

「——う、うん、そう……」

ひと息に言いきったカロライナの説明は、状況を楽観しているだけでなくちゃんと理解していたので、リリーシアの方が狼狽えた。

「デューク様には、感謝しているわ……でも、この、こんなこと突然すぎて……どうして皆当たり前に受け入れて過ごしているのか、びっくりしてしまうのは私だけ？　求婚——確かにそれをされたけれど、その、まだ結婚したわけでもないのに？　デューク様と結婚すれば私は出ていくのに、実家に対する援助が大きすぎると思うのは私だけ？　それに、そもそも結婚だって……」

「本当にするかわからない？」

「————っ」

声を潜めたリリーシアに代わり、明るい声でカロライナが続けた。

「突然のことに、驚いたのは私たちも一緒よ。でも——あの日、あなたが出かけてすぐだったわ、デューク様がこの屋敷にいらしたのは。大勢の使用人たちとたくさんの食材や物資なんかを持ってね」

それを思い出したのか、カロライナが笑った。

「そんな突然に——？」

「突然も突然で、私もフィリップも驚いたけれど、彼はあなたに求婚をしていると言うし、あなたのためにも手を貸したいと――少々強引だったけれど」

「――やっぱり、彼、強引よね？」

そう思っているのが自分だけでなくてよかった、とリリーシアはほっとしたが、安心できる内容でもないと気を引き締める。

「強引だったけれど、あなたと――リリーシアと結婚したいっていう熱意はとても伝わったから、悪い話ではないかしら、と思ってしまって」

受け入れてしまったの、とコロコロ笑うカロライナは三人の子供がいるというのに少女のようだ。どこか呑気なところのある両親を心配するのはこれが初めてではない。しかしこの呑気さが、明日もわからないような貧乏貴族として暮らしている現実を和ませているのも確かだった。

「でも、お母様――私、結婚と言われても……」

これまで、家族のためにと自分のことを後回しにしてきたのだ。自身の結婚について考えることすら諦めていたリリーシアに、こんな申し出をしてくれる相手は他にいないのだろう。それを与えられすぎて不安で怖いと思うのは、リリーシアに貧乏癖がついてしまっているからだろうか。

「そうね、まだ結婚が決まったわけではないのよね」

「そう、なのに――」

カロライナも、それはわかっているようだ。

この棚ぼたのために、結婚を推し進めたいわけでもない。母がちゃんとリリーシアの気持ちを考えていると知って、リリーシアもほっとした。

「私、求婚に返事をしたつもりもないし……そもそも、あれは求婚だったのかしらって思うくらいなのに。どうしてこんなことになっているのか、私が一番理解できないのに、皆は当然のようにデューク様を受け入れているから、私が……」

結婚しなくては、ならないのかと。

リリーシアの葛藤が口から零れる前に、カロライナが口を挟む。

「実のところ、戸惑っているのは私たちも同じなのよ」

「――え、そう、なの？」

「もちろんよ。でも――彼は、デューク様はとっても真剣に、あなたを必要としているように見えたの。結婚したいから、とりあえず持てる力を全部使ってみた、っていう子供っぽいような手段だったけれど」

「そんな」

「それにこの状況、彼の援助を甘んじて受け入れているのは、あなたの結婚を楯にしているわけでもないのよ」

「――――えっ!?」

カロライナのその言葉には、リリーシアは何より驚いた。

結婚が前提の援助だと思っていたからだ。

カロライナはにこやかに教えてくれる。

「デューク様が、平民なのは知っているでしょう？」

「ええ……でも、ご実家は裕福な貿易商で、彼自身は第一宰相補佐官で――」

デュークの持つ権力も財力も強大で、今のキングスコート家には太刀打ちできるものは家名だけという自慢しづらいことも気後れする要因だ。

「彼のお祖父様の代らしいけれど、そのご実家の事業が危うくなった時があったそうよ。今よりももっと、この国も貴族階級が強くて平民はただ従うのが当然、という時代に、事業が潰れるかどうか、と危ぶまれた時、声をかけたのがキングスコート侯爵家の当主、あなたの曾祖父様に当たる方だったらしいの」

「そんなことが……？」

カロライナも詳しくは知らなかったが、デュークの実家が恩を感じていたのは確かなようで、しかし代々人のよさを売りにしてきたようなキングスコート侯爵家の当主だ。礼の言葉だけを受け取ったのだろう。

曾祖父の代、と言ってもすでにキングスコート侯爵家の財力は下降線を辿る一方だったが、人のよさのおかげで人脈だけはあった。そのキングスコート侯爵家が声をかけるのなら、と他の貴族たちも手を挙げたようだった。

その恩を返す時が来た、とデュークは言ったらしい。

つまり、デュークが今キングスコート侯爵家に援助しているのは、過去の恩に対する返報であって、リリーシアとの結婚を楯にした奉仕ではないという。

「だから、リリーシアと結婚しなくてもこの援助は当然のこと、と言ってあっという間に屋敷に手を入れてしまったの」

出世される人の仕事はとっても早いのね、とカロライナは言うが、それをそのまま受け取ってもいいのか、と戸惑ってしまうのはリリーシアだけなのか。

それに、とカロライナがいたずらを考えたように笑って続ける。

「くれるというものはありがとうと受け取るのが粋というものじゃない？　この家の人たちは――フィリップもそうだけど、人がよすぎるところがあるから、ね」

厚意は、遠慮せずいただく。

それが貴族というものだ、というカロライナの主張に、リリーシアは正しい貴族の姿に改めて気づいたような気がして、一瞬目を瞬かせたものの、一緒に笑ってしまった。

「それより、私はどんな求婚だったのかが気になるわ。慌ただしくて最近ゆっくり話していなかったわね」

　にこやかなカロライナに、リリーシアは笑みを固めて戸惑った。

　求婚、というが、リリーシアが思い出す求婚は、本当に求婚だったのだろうかと考えてしまったからだ。

　突然の、道端での会話が、求婚となるのか。

　行き遅れているとはいえ、結婚を諦めていたとはいえ、女であることは確かだ。「求婚」というものに憧れを持っていないはずがない。

　舞踏会の会場で跪いて愛を乞う、とまではいかないまでも、予想外のことばかりのデュークには振り回されっぱなしで、上手く言葉が出てこなかった。

「あら、秘密？　そうよね、ふたりだけの大事な思い出だものね」

　ふふふ、と笑ってくれるカロライナだが、現実はまったく違う。それを指摘した方がいいのかリリーシアは困惑したものの、反対に冷静さを思い出して訊いた。

「お母様、その、でも、求婚されたからといって、デューク様がこの屋敷に一緒にいらっしゃるのは……」

　おかしいですよね、とリリーシアは自分の常識が間違っていないと同意が欲しかったのだが、カロライナはにこりと笑って答えた。

「まぁ、でもデューク様は毎日お仕事が忙しいし、あなたとの時間が取りづらいでしょう？

それにこんな大きくて持て余すような屋敷なのよ。その一室にお客様を泊めることは不自然ではないわ」

実際、彼の援助のおかげで使用人も生活も足りているのだ。

しかしリリーシアは貴族として、この広い屋敷に住む者としては当然と、同じように頷けなかった。

だって、でも、同じベッドで寝るなんておかしいでしょう——!?

リリーシアはそう言いたかったのだが、さすがにデュークと同じ部屋だと気づいていない様子のカロライナに、その事実を自分から言うことはできなかった。

眉間に皺を寄せて複雑な顔をしていると、何を思ったのかカロライナは名案を思いついたと手を打った。

「ああ、じゃあ、宮殿に行ってみたらどうかしら？」

「——へ？」

突拍子もない発言に、リリーシアは貴族令嬢としてはあり得ない声を上げてしまったが、カロライナは気にしていない。

「リリーシアが結婚を受け入れられないのは、デューク様をよく知らないせい。でもデューク様は毎日お忙しい。なら、もっと知るようにリリーシアも動いてみなくては！」

なので、職場訪問に行け、ということらしい。

だが、何も知らない、何もできないただの貴族令嬢が忙しいデュークの邪魔をすることなどできるはずがない。それもわかっているのか、カロライナは楽しそうに続けた。

「今日の晩餐はご一緒できるのかどうか――そのお伺いを立てに行くの。知っての通り、我がキングスコート家は困窮していて使者を立てるより本人が行くしかないから――ね！」

名案、とばかりに手を叩くカロライナに、筋が通っているようで通っていない、とリリーシアは戸惑うしかなかった。

「お母様ったら……」

しかし、考えるとリリーシアに都合が悪いわけではない提案だった。

キングスコート侯爵家への援助はどうあれ、リリーシアとデュークの賭けは続いているし、期日は待ってはくれないのだ。

リリーシアがデュークの弱みを握るには、この屋敷で彼の帰りを待っているだけというのは不利でしかない。

ここは、彼のテリトリーともいえる宮殿へ向かい、彼の周囲のことも含めて調べるチャンスだと思うべきではないだろうか。

リリーシアが今、デュークの話を聞けるのは彼の使用人たちしかいない。デュークを悪く言う者など、ひとりもいないのはわかっている。ならば弱みを知っているような人を見つけるべき、とリリーシアは腹を決めた。

「――わかったわ、お母様。私、宮殿へ行ってきます！」

「頑張って！　あなたならできるわ、リリーシア！」

カロライナの応援に、なんだか身が引き締まる思いがした。

貴族――この国では上から数えた方が早い家柄であるのに、宮殿にも社交界にもほとんど顔を出さないリリーシアが、人前に出ていこうとしているのだ。どんな応援でも受け取っておきたかった。

そうと決まれば、カロライナは速かった。

家政婦長のアガサを呼び、リリーシアのメイドを呼び、状況を話すと彼らも速かった。

あまり目立つのは、と遠慮がちなリリーシアに「キングスコート侯爵家のご令嬢として相応しい格好を」と言われると反論はできない。

リリーシアはすみやかに――しかし充分な時間をかけて完璧な侯爵令嬢となって、馬車に乗り込むことになった。

4

宮殿に来るのは、初めてではない。

十六歳のデビュタントの時、舞踏会はここで行われたのだ。

しかしリリーシアがよく知る宮殿は、貴族たちの集まる表のきらびやかな南門付近ではない。

リリーシアが慣れ親しんだ門は西門で、いわゆる業者用の門であり、宮殿の裏方作業の人間が使うので質素な構えだった。

リリーシアがこの門を潜(くぐ)って何をしているか——宮殿に用があって入るわけではない。五日に一度、というペースで西門周囲の清掃の仕事があるのだ。飾り気も何もない西門だが、あまりに汚れていては宮殿の門のひとつであるというのによろしくない。数年前から、平民など貧しい者に少しの賃金と昼食用のパンを支給、という清掃員の募集が始まり、リリーシアはぜひに、とばかりに意気込んで毎度参加している。

もちろん、リリーシアが貴族令嬢であることは知られてはならず、手持ちの服の中でも一番質素で洗い倒したもので、髪もまとめて大きな布で頭ごと覆い、日差しと人の目を避けるように鍔(つば)の広い帽子を被っての参加だった。

よく見れば似たような格好の者たちは多く、貴族の体面を気にしながらも貧しさには代えられない家が少なくないとわかる。

互いに名乗り合うこともなく、誰が一緒に働いているのかも知らず、ただ皆黙々と作業をするだけの時間だ。

それが、リリーシアにはありがたかった。

その西門とは比べるべくもなく、馬車で門を潜れる南門は裏とは違って開放的で、華やかだった。

それは行き交う人の服装が明るく話し声も笑い声も聞こえるからかもしれない。

「……結構人が多いのね」

「今は昼を過ぎたところですから、少ない方かと」

アガサが最適として選んだつき人はリリーシアより十ほど年上の侍女だった。宮殿でも働いていた経験があるとかで、案内人としての面でも選ばれている。

貴族であるのに、ほとんど宮殿に入ったことのないリリーシアよりよほど頼りになるというものだ。

この侍女もそうだが、アガサとイーデンを筆頭にデュークの連れてきた使用人たちは仕事ができる。とてもできる。リリーシアも生活するために屋敷を整えていたので、掃除に関してはできていると思っていたが、本職の仕事を見れば自分たちのしていたことがおままごとの範疇だったのだな、と痛感してしまった。

まだ若いメイドも多いのに、どこでそんな仕事を覚えたのか、と訊いてみると、使用人たちを育成する機関があるらしい。それは王立学院とは別の教育施設で、いくつかの商家と貴族たちが出資して作られたようだ。そこを卒業した証を手にすると、どこの家や宮殿でも雇ってもらえて出世も早いという。

王立学院ほど金がかからず卒業後も安泰なため、目指す平民が増えているらしい。

その施設への最大の出資者が、デュークの実家である。イーデンとアガサは施設で教鞭を執っていたとも教えられた。

どうりで、とリリーシアは今屋敷にいる使用人たちの有能さに納得した。

そのひとりである侍女が、宮殿に不案内なリリーシアについてくれるのだから安心もひとしおだった。

「宮殿に務める者が出入りする朝晩が、一番混雑いたします。今はまだ、馬車も早くに停められましたし、他の方とぶつからない距離もありますので」

「これで少ないのね……」

リリーシアは今でも混んでいると感じられる宮殿入り口に、もっと人が増えたところを想像しようとして、できずに諦めた。

「リリーシアお嬢様、宰相省は向こうの棟になります」

「遠いのかしら？」

「そうですね……宮殿は、表に近い方に一般の方が出入りする部屋が多く、舞踏会用の広間やサロンなどがございまして、その奥が政務官が勤める執務棟になります。宰相省は政の中心ですので、その中でも奥まったところにあります」

「まぁ……デューク様は、その距離を毎日？　通うだけでも大変なのね」

「旦那様は好きで通っておられますので、ご心配は無用かと」

「好きで？　この距離を？」

「政務室に近い独身寮が宮殿にはございますが、そこを離れてキングスコート家から通うと決められましたので……距離なんて苦でもないということに間違いはないかと」

「わざわざ……？　大変なことを選ぶなんて、デューク様も物好きね」

「…………」

説明してくれた侍女が、一瞬なんとも言えないような顔をしていたが、リリーシアは初めて入る場所に興味津々で気にはしなかった。

宮殿の表側は、貴族が好むような装飾が施されているのだ。歴史だけはあるキングスコート家の屋敷でもよくある造りで、きらびやかではあるが珍しいとは思わない。しかしその奥にある執務棟は突然線を引いたように簡素になっている。

装飾がないわけではない。ただ、模様が壁と同色で、遠目にはただの白い壁に見えてしまうだけだ。よくよく見れば、職人の精巧な細工が見て取れるが、それを見せびらかすような意匠でないことがリリーシアには新鮮で、好ましかった。

そして行き交うドレスを着た婦人やフロック・コートの紳士などが見えなくなり、政務官らしき制服を着た人が増えた。ここは政をしているところなのだ、と改めて意識する。

「あちらの扉の奥が、宰相省です」

「――開けっぱなしだけど？」

侍女の示した先では大きな両開きの扉が全開で、警備の騎士が両側に立っているけれど、不用心にも思える。

「執務中は、身分を騎士に明かせばほとんどの者が出入りできるようです……リリーシアお嬢様も、問題ないと思います」

「そ、そうなの……？」

リリーシアは戸惑いながら、数人の政務官が騎士への会釈だけで入っていくのを見送り、自分もと近づいた。

正直なところ、宮殿に入ったあたりから周囲の視線は感じていた。

社交界に顔を出さないリリーシアだ。誰だ、と訝しがられているのだろうと思ってはいたが、立ち止まって名乗る義理はない。それに堂々としていれば止められることはなかったし、メイドたちが侯爵令嬢として整えてくれた今のリリーシアの姿は気品が溢れていて、たやすく声をかけられる雰囲気ではなかったのだ。

内心ドキドキしながら扉に近づくと、騎士の方が先に声をかけてくる。

「――失礼します、宰相省にご用でしょうか？」

「デューク・クレイン様に……」

「第一補佐官ですね。お約束は」

「約束がなければだめだったの……？」

リリーシアが侍女を振り返ると、控えていた侍女が一歩前に出て騎士に向かった。

「こちらはリリーシア・キングスコート様です。デューク様には許可をいただいてあります」

「キングスコート……!?」

侍女の説明に、騎士はもうひとりと驚いた顔を見合わせて、ふたりとも青い顔になってから何故か背筋をこれでもかと伸ばした。

どうしたのか、とリリーシアが首を傾げるよりも前に、騎士の手が室内へ促す。

「――キングスコート侯爵家のご令嬢でしたか！　失礼いたしましたっ、どうぞお入りください！」

「第一補佐官の部屋は左奥になります！」

「……？　あ、ありがとう……？」

もうひとりの騎士も敬礼する勢いでリリーシアを通す。

まるでリリーシアに怯えているようにも思えるが、初対面の人に怯えられる謂れがない。

リリーシアは騎士を振り返ってから、侍女にそっと訊いた。

「あの、彼らはどうしたのかしら……？」

「——いえ、おそらく通達済み、ということだと思います」

「通達……？」

「リリーシアお嬢様、あの奥の部屋が第一補佐官用の執務室です」

侍女の言っていることもよくわからないまま、リリーシアは促されて視線を向ける。

宰相省、と言いながら扉の先にはまた廊下があって、そこにいくつもの扉が並んでいる。

どの扉も開いているのがまた不思議だった。

リリーシアは示された一番奥の扉をまず、そっと覗き込んだ。

「——では、屠りましょう」

低く、冷たさを孕んだ声が聞こえた。

そしてその声は聞いたことのあるものだった。

執務室の中は、想像していたより広かった。左右に天井まで届く本棚が並び、その隙間に机と椅子がいくつも置いてある。本棚に挟まれた真ん中は通路になっていて、一番奥に大きな執務机が見える。背後の大きな窓から陽が差し込んで逆光になり、室内にいる人々の顔がおぼろげに見えた。

目を細めて確かめると、一番奥の執務机に凭れかかる形で立っている影が人の姿に戻ってくる。手にしていた資料らしき紙をゆらゆらとさせながら誰かに対峙していたその人こそ、リリーシアに求婚して屋敷まで押しかけ、困窮していたキングスコート侯爵家を救った、デューク・クレイン第一宰相補佐官だった。

仕立てのよい上級政務官の制服は、他の者と同じなのに一際目立って見えるのはその整った顔と上質な紅茶にミルクを混ぜたような髪色だけではなく、背後からの光が後光のようになっても様になるオーラを醸し出しているせいかもしれない。

そしてリリーシアは、デュークの美しさに見入ってしまった。

背が高いのに脚まで長い……それに長い髪が一房頬に零れてるのは絶対わざと……！

リリーシアは、心の中で悪態をついてしまうほど動揺していることがわかっていた。けれどそれをどうしたらいいのかわからず、思わずそのまま隠れてしまった。

「――いや！　いやいやいやあの待ってくださいクレイン補佐官！」

混乱していたリリーシアの耳に、もっと混乱した声が届いて、そういえば、と思い出す。

さっき、あの人、なんて言ってた……？

思い出してしまうと、おどろおどろしい言葉を発していた気がする。聞き間違いかしら、と聞き耳を立てていると、リリーシアより狼狽えた声が続いた。

「じょ、冗談ですよね、もう、クレイン補佐官は――……ははは、冗談でしょう？　冗談って言ってください！」

「――貴方は、私が仕事で冗談を言うような人間だと思っているのですか？」

「冗談にしてくださいよぉっ!!」

あ、これ怖いやつかも。

リリーシアは声だけでデュークが冷静でいながら真剣であることを察した。察してしまったが、おそらくリリーシアより付き合いの長い政務官たちはそんなの承知だろう。

「クレイン補佐官、あの、彼も悩んでいるんです……」

「追い詰めないでやってください……」

あまりに力のない政務官たちの庇う声に、デュークはため息をついたように声を発した。

「――これで三度目だと、貴方たちも理解していますね？　ザット地方の領主の出来の悪さには、領民が一番の被害を受けているんですよ。三度目の嘆願書がここまで来るほどです。こんな体たらく、認めたくもないんですが……ああ、そうでしたね」

デュークは淡々とした声だったが、途中で楽しいことを思いついた、というように声を弾ませた。

「貴方のご親戚がザット地方の役人でしたね……？　では、ご親戚を助けるためにも、貴方が行って改善してきてください」

「――へあっ!?」

「そうですね……一ヶ月もあれば充分でしょう」

「いっか……！　い、いやいえあの！　わ、私がですか!?」

狼狽えて答えたのは、最初にデュークを諫めていた声だった。

なんの話かリリーシアには理解できないが、とても無茶を言われたのかな、ということはその声色でわかってしまった。

「ええ、そうですよ――できなければ、無能な役人などいっそ消してしまった方がザット地方の、ひいては国のためとは思いませんか？」

「ひぃ……っ！　で、ですけど、一ヶ月、なんて――」

「――そうですね、私も無茶を言ったかもしれません」

「クレイン補佐官……！」

「一ヶ月と三日さしあげましょう。往復に三日はかかるでしょうから。道中を日数に含むのは無情すぎましたね」

「――」

「まだ何か？」

「――いえ、行って、まいり、ます……」

「ええ、期待しています」

楽しそうなデュークの声を背に、誰かが部屋から出てこようとしていた。

リリーシアが慌てて一歩下がると、まるでこれから死地に向かいます、という面持ちの文官が、リリーシアに驚いて足を止めた。

「――あの？」

政務官が誰何したのは、リリーシアが貴族令嬢にしか見えなくて、男性政務官の多い執務室の前にいたからだろう。

「あ、私は――」

「――リリーシア様？」

自分で名乗るよりも前に、さっきまで冷ややかに部下だろう彼を追い詰めていたデュークが姿を見せる。

デュークは珍しく驚いている顔だったが、リリーシアも驚いている。

部屋の、一番奥に、いたのでは⁉

一瞬で扉まで来たのだとしたら、あまりに速すぎる。魔法でも使ったのかと驚くところだが、きっと中で話しながら歩いていたのだろう、とリリーシアは結論づけてデュークの顔を見上げる。

「――デューク様、私……」

「どうしたんです？　何か家で問題が？　使用人を走らせれば……何が起きました？」

デュークはまるでリリーシアが怪我でもしたのかと思うくらい全身を確かめて、最後はリリーシアの背後に控えていた侍女に視線を向けていた。

当然のように心配されて、リリーシアは、「何か弱みが見つけられないかと思って」という不純な動機を口にすることができなかった。

「リリーシアお嬢様は、本日の晩餐に旦那様がお帰りになるかを伺いに来られました」

リリーシアが迷っているうちに、侍女があっさりと答えてしまう。

デュークがびっくりした顔を、嬉しそうに綻ばせたのはすぐだった。

そんな、顔を――

リリーシアもびっくりしてしまう。

「わざわざこんなところまで来ていただけるとは……私は果報者ですね。もちろん、リリーシア様とご一緒できるよう間に合わせます」

あまりに優しい声で言われたおかげで、リリーシアの頭は混乱が吹き荒れていた。

これが、先ほど他の政務官を怯えさせていたのと同じ声なのだろうか、というほどの変わりようだったからだ。

リリーシアが驚いていると、ずっと固まったままだったのか出かけようとしていた政務官が息を吹き返したように声を上げる。

「ク、クレイン補佐官、その方は……まさか！」

デュークはその声にすぐに頷いて、自然な仕草でリリーシアの腰を抱き寄せ、執務室に入った。

「皆さんには、ご報告しましたね。私が結婚するつもりだと――この方が、私の婚約者のリリーシア・キングスコート侯爵令嬢です」

「――――!!」

執務室の中は、思った以上に人が、政務官がいた。声にならないどよめきがリリーシアの耳にも届く。

リリーシアも、声にならない驚きを口から噴き出してしまいたかった。

結局上手く言葉にはならず、ぴたりとくっついたデュークの服に手を伸ばし、真っ赤な顔で動揺を見せる。

「デュ、デューク様……!」

「はい、なんでしょうか、リリーシア様」

リリーシアは動揺から怒りに変わった自分の気持ちに後押しされて、キッとデュークを睨む。

「こ、婚約者って――」

「婚約者でしょう？　まだ結婚してはいませんが、求婚は済ませましたし……」

どこかおかしいですか、と不思議そうな顔をするデュークをどうにかしてやりたかった。

リリーシアは爆発しそうな感情を持て余し、狼狽えている自分がさらに悔しくてならない。胸の中で渦巻いているのは、困惑と怒りと、恥ずかしさだ。この状況が恥ずかしいと感じてしまうし、正しくは求婚されても受けてはいないリリーシアは正式な婚約者になるのだろうか、という疑問もある。なのに自分のペースで堂々と突き進むデュークの態度に、腹が立っているのだ。

「ほ、本当に、ご結婚を……？」

「しかも、キングスコート侯爵家のご令嬢と……!?」

「おや、疑っていらしたのですか？　私がそのような嘘を口にすると——？」

動揺がようやく声になったのか、政務官たちが青い顔をしながら声を上げるのを、デュークは笑みを浮かべた顔を向けて彼らからまた声を奪う。

全員が、揃って首を左右に振る動きが、ここでデュークがどんな存在なのかを思い知らせてくれる。

「貴方は早く出発された方がいいのでは？　期限は一ヶ月と二日ですよ」

短くなってる！

ザット地方にこれから向かう政務官が固まっていたのをデュークが促したのだが、その言葉にここにいる皆が同じことを思ったに違いない。しかし誰もそれを口にはしなかった。

「リリーシア様、ご一緒にお茶をいかがですか？　一番いいサロンルームを押さえましょう」

慌てて執務室を飛び出した執務官や、周囲の微妙な空気などまったく読まないデュークはいつも通りにこやかにリリーシアを誘ってくる。

仕事中では、とリリーシアが答えに窮した時、デュークの背後から声がかかった。

「クレイン補佐官、まだ決済の終わっていない書類が残っています」

「それは後回しで――」

「晩餐とやらに間に合わなくなるかもしれませんが」

「貴方たちで終わらせてもいいですよ」

「クレイン補佐官のサインが必要なのです」

「…………仕方がないですね」

本当に、面倒だ、というため息をついたデュークが申し訳ないとリリーシアに謝ってくる。

「リリーシア様、ご一緒できず残念です。次回までには、もっと早く終わらせられるよう努めますので」

「い――いいんです！　ゆっくり、ちゃんと、お仕事なさってください！」

デュークの言葉に彼の後ろにいる他の執務官たちの顔色が一斉に悪くなったのを、リリーシアはしかと見てしまった。いったいどんな努め方をするのか、内容も知らないリリーシアでも憐(あわ)れんでしまうほどの顔色だ。

ひとり笑顔なのは、まるで独裁者のようなデュークだけだ。

この人、こんな様子で大丈夫なのかしら……補佐官だもの、偉いんでしょうけど、いつもこんな調子なの……？

思わず、仕事も知らないリリーシアが彼らを心配してしまった。

「では、私が書類を提出するついでに表までお送りしますので、クレイン補佐官は引き続き仕事をお願いします」

「彼女を送るのは私の仕事では？」

「晩餐に、間に合いませんよ」

デュークの独擅場（どくせんじょう）かとも思ったが、そんな彼にちゃんと意見を言える人がいるようだ。

それに感心していると、デュークは本当に残念そうな顔でリリーシアに向き直った。

「……リリーシア様、本当に残念ですが、また後でお会いしましょう。彼に送ってもらいますが、彼がドレスの裾でもリリーシア様に掠（かす）めたら、すぐに言ってください。仕置きいたしますので」

仕置き……？

聞き間違いだろうか。それとも意味が違うのだろうか。

なんの問題もないという態度のデュークに、リリーシアは深く追究する方が怖くて曖昧に笑うしかなかった。

「頼みますね」

デュークが最後に念を押したのは、リリーシアの背後にいた侍女へだ。

彼女がしっかりと頷いたのを見て、デュークも仕事に戻る決意をしたようだ。

なんだかリリーシアも同行してくれる執務官も信用されていない気がする、と思いながらも、これ以上ここにいると他の人たちの邪魔になるのと、リリーシアの精神衛生上悪い気がして深い礼だけでそそくさと執務室を後にした。

「──さあ、私の婚約者との時間のために、きびきびと終わらせますよ」

「────！」

宰相省を出る時に、デュークの無情な言葉に声にならない悲鳴が聞こえた気がしたが、リリーシアは振り返ってはならないと本能に従って足を動かした。

「──大丈夫ですか？」

一度にいろんなことを見て聞いたおかげで、まだ自分の中で解釈できずに戸惑っていたが、気遣うような声に顔を向ける。

そこには本当にリリーシアを心配している顔をした執務官がいた。

そういえば送ってもらうのだった、と相手を改めてちゃんと見る。上級政務官の姿はデュークと同じだが、受ける印象がまったく違う。

年の頃はデュークよりも十歳は上に見える。こげ茶の髪は短く、優しそうな目元の落ち着いた青年だった。

「ジャック・ドーノンと申します。クレイン補佐官の、秘書のようなことをしております。よろしくお見知りおきください。お見苦しいところをお見せして、申し訳ありません」

「あ……リリーシア・キングスコートです。こちらこそ、忙しい時に突然伺って失礼いたしました」

「おやめください、リリーシア様に頭を下げさせたなど、クレイン補佐官に知られたらどうなることか……」

「そんな……」

ご冗談を、とリリーシアは笑おうとしたが、ジャックと名乗った政務官はずいぶん真剣だ。冗談にしてほしいな、と思ってしまうのは許されないのだろうか。いったいデュークはどう思われているのか。

そういえば弱みを知るために来たのに、弱みどころか恐怖を見せつけられた気がしてリリーシアは曖昧な笑みを張りつけるしかできなかった。

ジャックはその気持ちを汲み取ったのか、表情を綻ばせてくれた。

「――いつもは、もう少し穏やかなんですが……毎年この時期は忙しくて、誰もが殺伐としてしまうもので。今日のクレイン補佐官は冷酷に見えたかもしれませんが、失敗は許されないので。どうしても厳しくなるのは、我々も納得しているんです」

「……さっきの、あの方は」

「ザット地方に向かった彼ですね。あれはそもそもがあの者の責任なので、むしろ時間をかけて自分で処理させてもらえるのだから、優しいくらいですよ」

からりとした笑みで答えるジャックに、リリーシアは本当だろうか、と疑ってしまう。

それくらい、あまりにも悲愴な顔をしていたからだ。

ジャックはひとつ頷いて、真面目に教えてくれた。

「あの地方の領主が少々横暴なことを繰り返していまして。宰相省に嘆願書が何度も届いていたんです。それを担当していたのが彼で――」

その説明によると、担当政務官は対処したものの、相手は地方の領主。書面による通達では一向に改善されず、そこで暮らす民たちの生活が圧迫されるばかり。それを許すデュークではないらしい。デュークは力のない者、虐げられる者、努力が報われない者の味方で、そういった嘆願には綿密な調査後、正しい始末をするのが常だという。

これまでに同じようなことは何度もあって、最初の頃は長い物に巻かれる役人や政務官も多かったが、力をつけたデュークに敵対する者が減り、今では彼と同じ考えの者が多いのだとか。

ザット地方に政務官を向かわせたのも、早くに始末をつけて苦しむ民を楽にしてあげるため、と言われては先ほどのやりとりの見え方が変わってしまう。

そんな、正義感のある人だったなんて……

権力も財力も持ち、押しの強い本人の性格もあって刃向かう相手などすべてねじ伏せそうな想像をしてしまっていたが、デュークの中にはちゃんと信念があって、それに沿って国のために仕事をしている。

「それに、クレイン補佐官は政治面だけではなく、困窮者への支援活動にも積極的なんですよ」

「それは……？」

「公共施設などの清掃や見回り、誰でもできるような仕事を身分を問わず募集して仕事を提供しているんです。近場ですと、西門の清掃などですね――リリーシア様はあまり関係のない場所でしょうが……対価として与えるのは現金や食べ物で、貧しい者たちが本当に何が欲しいのか、よくわかっていらっしゃる。そしてそれを実行する決断力がある。すごい人だと、最年少で補佐官まで上りつめたのも当然だと本当は皆尊敬していますから」

ジャックの説明に、リリーシアがどれだけ驚いているのか、きっと彼は知らないだろう。

ジャックはデュークを、年下の上司だと軽く扱うのではなく、心から尊敬しているのだと、リリーシアに伝えた。その気持ちは、他の政務官も同じなのだろう。だから厳しくされても、冷酷な言葉を聞いても、デュークに従っているのだ。

彼は、そんな人なのだ、とリリーシアも理解した。

知ってしまったのだ。

困窮していた自分に仕事を与えてくれた人を、リリーシアは知ってしまった。

弱みを、見つけに来たはずなのに——

どうしてこんなことを知ってしまったのだろう。

リリーシアの心はグルグルと何かが渦巻いていて落ち着かず、ジャックが南門の馬車まで見送ってくれた後も、自分の感情を上手く処理できないでいた。

すごい評判を持つ第一宰相補佐官のデュークだ。平民という身分であっても、リリーシアに勝てるものなど何もないと思っていたが、彼の業績を知っただけで、もっとリリーシアはその差を見せつけられた気がした。

仕事もできて、部下にも慕われていて、弱きにも優しい。

そして宰相の地位に上るために、結婚までしようとしている——いったい彼の弱みは、なんなのか。

そんなもの存在するのだろうか、とリリーシアは不安しか浮かばなかった。

そもそも、そんな人とリリーシアが結婚してもいいものなのか。

リリーシアは、押しの強いデュークからの求婚に、より一層疑問を感じてしまっていた。

5

デュークは約束通り、晩餐前に帰ってきた。

にこやかに帰宅した彼だが、あの現場を見てしまったリリーシアは、あれから彼らはどれだけ大変な目にあったのだろう、と考えてしまった。

「今日はリリーシア様が思いがけず来てくださったので、いつもよりも頑張ってしまいました」

などと爽やかに言われては、リリーシアは宰相省の政務官たちに心の中で平謝りするしかなかった。

晩餐は弟妹が一日の楽しかったことを報告して、和やかに終わった。

普通の貴族と違うかもしれないが、リリーシアにとっては、これがいつもの食事風景だ。

皆が食事を終えて部屋に戻る時、デュークが明日の予定について切り出した。

「リリーシア様、明日の夜はご一緒に観劇に行きませんか」

「え……？」

「トレーエル閣下よりチケットをいただいてしまって。本格的に社交が始まる前なので、あまり人も多くないでしょうし……」

今は収穫のシーズンを迎え、各領地は忙しいばかりだろう。それを終えて冬になると、貴族は王都に集まり社交が始まる。今王都にいる貴族は、領地を持たない者かこちらに仕事がある者がほとんどで、確かにデュークの言う通り観劇やどこかへ出かけるにしても一番人の少ない時期だろう。

「え――っいいなぁ、姉様！」

「姉様だけ？　私も行きたい！」

家族の前でそんなことを言っては、黙っていない者がいるのもわかっている。幼い弟妹は観劇がどんなものかちゃんと理解できていないかもしれないが、生活を一変させてくれたデュークが言うことなのだ。楽しいに違いないと思っているようだ。

「子供が行くところではないのよ、ニコラス、ジュリア」

「えええー……」

窘めた母に、弟妹が唇を尖らせる。

これまで、我慢ばかりさせてきたのだ。リリーシアにできることならなんでも聞いてあげたいが、こればかりは無理だった。

何しろリリーシアだって行ったことはないのだ。

「お父様とお母様では……」

社交もできていないリリーシアが行くよりは、とつい言ってしまったが、母が呆れた顔をしている。

「デューク様が誘ってくださったのはあなたなのよ。それに、デートを邪魔するほど野暮ではありませんよ。ねえあなた」

「あ——うん、そうだな。ふたりで楽しんできなさい」

父にまでそう言われて、断る道などリリーシアには残されていない。

ただ、デート、と言われて顔が熱くなるのを止められなかった。

「楽しみです。明日も仕事が頑張れそうですよ」

「……ええっと……そう、なら、よかったです……？」

緊張とドキドキが混ざった上に、明日も宰相省の人々は大変だと考えてしまい、リリーシアは落ち着かないままだった。

＊

家族がそれぞれの部屋に戻ると、リリーシアがメイドと一緒に向かったのは二階の客間だ。

当然のように、今日もデュークとベッドをともにするのには複雑な気持ちになる。

これ、お父様はともかく、お母様は絶対気づいている気がする……

リリーシアは恥じらえばいいのか怒ればいいのか、グルグルした気持ちを考えているうちに手慣れたメイドによって着替えさせられてしまう。

「ま――待って！　この格好は……！」

昨日はぼうっとしてしまっていたが、はしたない夜着ではいくら分厚いガウンを着せられてもリリーシアは納得できない。しかも昨日よりも丈の短いシュミーズは胸の部分が強調されたような意匠だし、下肢に至っては局部しか隠せていない小さな布だ。

抵抗して他の、自分の持っている色気も何もないけれど着慣れた方を、と願ったものの、メイドたちはとても明るい顔で答えてくれる。

「大丈夫ですよ！　旦那様は順番を間違える方ではありませんから！」

「そうですよー！　できるだけ煽って、いじめるくらいの気持ちでいましょう！」

「え？　え……っ？」

リリーシアには彼女たちの言っていることがわからなかった。

戸惑っているうちにまた着替えが終わったのだが、「順番」を理解したところで顔どころか首元まで赤く染まっていた。

「そ――そんな、ことは……！」

メイドたちは、デュークが結婚をするまではリリーシアと繋がることはない、と言い切っているのだ。行き遅れていても、知識くらいはあるリリーシアには男女で何をして夫婦となるのかがわかってしまい、狼狽えるしかできないでいた。

詳しくは知らないとはいえ、他人に見せたことのない身体を晒すと考えるだけで顔の熱は下がらない。

「ちょ、っと待──」

リリーシアが下がるメイドを引き留めようとするのと、寝室に繋がる扉が開くのは同時だった。

「お待たせいたしました、リリーシア様」

ノックも何もなかったけれど、悪びれない顔のデュークが寛いだ格好で現れる。

「デュ」

「そんな顔をされて……誘っているのでしょうか?」

期待に応えるべきですか、とにこやかに言われて、リリーシアは恥ずかしさよりも怒りで顔がさらに熱くなる。

「誘っていません!」

「残念です……」

「残念ではなく! というかそもそも、やっぱりどうして一緒の部屋で──」

「それでリリーシア様、今日は私の弱みを見つけられましたか?」

「………っ」

デュークの笑みは、まさに不敵、と表現するのが相応しいくらい、憎らしいほど綺麗だった。

「ふふふ、リリーシア様がどうして宰相省まで来たのかくらい、気づかないようでは宰相補佐官など務まりませんよ」

「う……っ」

言葉に詰まってしまったのは「最年少で第一宰相補佐官まで上りつめた」という一面とは別の側面を見てしまったからだ。

西門の清掃作業は、リリーシアにとって本当にありがたい収入源だったのだ。

もちろん、リリーシア以外にも、身分を問わず助かっている者は多いだろう。そんな政策を考えて実行するデュークは、権力も財力もあって当然という以上に、できた人だ。

そう気づいてしまうと、ついぽつりと声が零れた。

「――弱みなんて、本当にあるんですか？」

口にして、改めて考えてしまう。

仕事もできて力ない者たちのことまで考えていて、彼の人生において欠けていることなど何もないように見える。そんな完全無欠の男に弱みなんて実際にあるのか、と疑問が浮かぶのは当然のことだとも思える。

しかしデュークは一度目を瞬かせただけで、にこりと笑った。

「ありますよ。それはもう、知られた相手には逆らえなくなるような致命的な弱みなんです」

「…………」

本当だろうか、と疑ってしまうのは、その笑みがあまりに綺麗に整っていて、どこか芝居臭さを感じてしまうからだ。

それが顔に出ていたのだろう。胡乱な視線をデュークは快く受け止めて、リリーシアの手を取る。

「リリーシア様が今日来てくださって、本当に嬉しかったですよ」

「……ど、どうしてですか？」

「私のことを、知ろうとしてくださったからです」

「それは――……」

知らなければ弱みがわからないからだ。

だというのに、知られては大変なはずのデュークはとても嬉しそうだ。

「もっと知ってください。私を見て、触れて、もっと近づいてください」

まるで自ら弱みを晒すようなデュークに、リリーシアは見惚れてしまう。

宰相省でも思ったけれど、本当にデューク・クレインという人は、美しい人なのだ。

貴族たちどころか、平民まで噂するほどの人物なのだと、この容姿を見るだけでも納得できる。

できるなら、ずっと見ていたい。

きっと飽きたりしないだろう、とリリーシアが思った時、そのデュークの顔があまりに近いことに気づいた。

「……んっ!?」

軽く触れたのは、唇だった。

すぐに離れたけれど、顔がぼやけるほど近くにあったのはリリーシアの唇に触れたせいだ。

びっくりして目を丸くしていると、デュークの手がリリーシアの頬を撫でて、髪を梳いた。

「もっと触れてほしいです」

そう言ったデュークはリリーシアの顎を指で上に向けるようにして、自分の顔を傾けてもう一度近づいた。

ふに、と柔らかなものが唇に当たって、リリーシアは思わず目を閉じる。

軽く触れただけですぐ離れたけれど、それが繰り返された。

「……、……」

大きな手がリリーシアの頬を包み込み、何度目かには唇は長く触れ合っていた。

これはもしかして、とリリーシアの思考がようやく現実に追いついた時、デュークはもう一度唇を離して、至近距離で視線を合わせてきた。

「…………」

何も言っていないのに、デュークが望むものがリリーシアに聞こえた気がした。

そしてそれを、リリーシアは止めようとは思わなかった。

どうして、と考えるのは後のことだ。

今は、平凡な茶色の瞳だというのに、引き込まれるほど綺麗で雄弁なデュークの目に呑まれて動けなかった。

「……ん」

デュークの口が、リリーシアの唇を含むようにして奪ったのに、くぐもった声しか出なかった。

熱い、と感じたのは、目を閉じて唇に触れるデュークに集中していたからかもしれない。

途中、身体が浮いた気がしたけれど、リリーシアはいつの間にかデュークの背中に手を回し、シャツをぎゅっと握りしめていた。

背中に柔らかなものを感じた時、リリーシアは全身に感覚が戻ってきたように、意識もはっきりした。

唇が解放されて、いつぶりかゆっくり呼吸を吐き出した気がする。

「はあ、」と胸を上下させて息をした後で、リリーシアは自分の状況をようやく理解した。

「…………………」

デュークが目の前にいた。

もちろん、唇が触れ合っていたのだから、限りなく近くにいたはずだろう。

けれど今は、リリーシアはデュークを見上げる体勢になっているのだ。デュークの腕がリリーシアの顔の隣にあって、圧しかかられてはいないものの、転がったリリーシアに覆いかぶさっている。

「……あの」

この状況はどうしたことか。

リリーシアは寝台の上にいて、逃がさないとばかりにデュークの腕に囲われている。

「リリーシア様」

いつものように笑うデュークだが、いつもと違う何かを感じてリリーシアはごくり、と喉を鳴らした。

「申し訳ありません」

「――え？」

「許可をいただくのを忘れていました」

謝罪しているはずなのに、デュークの言葉が悪びれなく聞こえるのは自信たっぷりの態度のせいだろうか。

デュークの視線はその首から下に向かい、顔も下がっていった。

「貴方はもっと、口説かれているという自覚を持ってください」

「――っ」

デュークの顔が、リリーシアのガウンの胸元を開いて、そこで動きを止めた。

どうしたのか、とリリーシアが思うほど不自然な停止に、首を起こして確かめようとすると、デュークが一度身体を起こし、リリーシアの乱れた肢体を舐めるように見て深く息を吐いた。

「……まったく、貴方は恐ろしい人ですね」

デュークの言っている意味がわからなかったリリーシアだが、彼の視線がはしたない下着の上から動かないのを知って、「私が選んだわけでは」と言いかけたが、またそこにデュークの顔が埋まり言葉が途切れる。

柔らかさを顔で確かめるようにするデュークに、声にならない悲鳴と一緒に、リリーシアは金縛りが解けたように大きな肩を押し返そうとするものの、びくともしなかった。

「デュ、デューク様っ！」

「――ああ、とてもいい香りが……誘われますね」

「さそ……っあ！」

顔だけではなく、デュークの手がリリーシアの胸に伸び、女性らしく膨らんだ乳房を包むように動いた。当然のことだが、男女の身体の違いをはっきりと意識してしまい、リリーシアは恥ずかしさに動揺するしかなかった。

デュークの手はリリーシアの抗(あらが)いなど気にも留めないようで、もう片方の手がガウンの裾を割って足を滑り上がってくる。

「だ――だめ、ですっ！」

そう口にしながら、いざとなったらろくに抵抗もできない自分に呆れてしまう。

デュークの吐息が、首筋に直接触れている。それどころか唇が、ガウンがはだけかけた胸元に何度も吸いついて、リリーシアは赤い顔をふるふると横に振って、デュークの肩をシャツごと握りしめるしかできなかった。

デュークの手に、自分の胸の柔らかさを教えられているようだった。そしてちゅ、と音を立てる唇が、そこに口づけを受けているようで、リリーシアは震えた。

この行為の、行き着く先が――

そう考えて、リリーシアは赤い顔を青くしてしまった。

デュークが触れるのを受け入れたくせに、そこまでの用意はできていないと自覚したのだ。

というより、結婚もしていないのにこんなこと――！

やっぱり一緒の寝室なんて、とリリーシアが混乱で涙すら目尻に浮かべたところで、デュークの顔が一度離れ、リリーシアに微笑んだ。

「大丈夫です、リリーシア様。結婚の誓いの前に、貴方の純潔を散らすなどという不手際を起こしたりしません」

どの口がそんなことを言うのか。

まったく安心できないデュークの笑みに、リリーシアは全力で顔を左右に振って抵抗の意思を示す。上手く言葉が出なかったからだ。

デュークはそれを理解しているはずなのに、言葉とは裏腹にリリーシアのガウンを肩から脱がそうとしている。

慌ててリリーシアが胸元をかき合わせても、お構いなしだ。

「気持ちが悪かったですか？」

「気持ち——」

悪いわけではなかった。

リリーシアはとっさに否定し、その答えの意味も考えて、頬が熱くなった。

「よかった。嫌悪感を抱かれるようでは、夫婦の営みもままなりませんから」

「そ、そんな……っ私たちは、まだ！」

「ええ確かに、結婚はまだですが、予行演習——どこまで受け入れていただけるのか、確かめておくのもお互いにとって有益と思いませんか？」

デュークの手が、剝き出しになった足をつうっと撫でる。

慌ててガウンの裾も掻き合わせその手から逃れ、「おおお思いません！」とどもりながらも意思を伝える。

いったい何をしようというのか。

予行演習という意味を、リリーシア以上に理解していないはずもなく、デュークはいたって真面目におかしなことを言ってのけている。

「そうでしょうか？　でも一般的に付き合っている男女は、結婚前までにある程度は確かめておくものでしょう……？」

そういうものなの？

一瞬考えたものの、リリーシアははっと我に返りデュークを睨みつける。

「わ、私たち、お付き合いしているわけではないですよね!?」

「婚約していますが……」

「契約してるじゃないですか！　一ヶ月！　——その間は」

「その間にリリーシア様が弱みを見つけてしまうと、結婚できなくて私の負けですから……私も負けるわけにはいきませんので」

自信たっぷりにそう言われて、リリーシアはすでに自分が負けている気がした。

そのリリーシアの目を覗き込むように、デュークがさらに追い詰める。

「私をもっと知って、弱みを探るべきだとは思いませんか……？」

弱み、と言われると、リリーシアはデュークの整った顔と、政務官であるのに引き締まった身体を眺めてしまう。

そして途方に暮れる。

この自信満々の相手に、弱みなど本当にあるのだろうか、と弱気になるのも無理はないはずだ。

「とりあえず、リリーシア様はキスに弱いとわかりました」

「――――!!」

笑顔で教えてもらうことではない、とリリーシアは言ってやりたかったが、口が動くのみで声は出なかった。

「リリーシア様も、もっと私に触れてもいいんですよ」

そう言われて、では、と手を伸ばせたならこんなに困ってはいない。

弱みを探れと言われてそうすると、後戻りできなくなるのがわかってしまったからだ。

本当に、どうしてこんなことになったのか。

どうにかしてこの状況から逃れなくては、と必死で考えていると、デュークが苦笑する。

「――……困りました」

困っているのはこちらです、とリリーシアの方が言いたい気分だったが、デュークも同じだけ困っているのなら少しは溜飲が下がる。

しかし続いた彼の言葉に、リリーシアは一生デュークとは理解し合えないかもしれないと感じた。

「貴方が困ると、私はもっと困らせてみたいようです」

「――無理！」

ようやく、はっきりとした声が出た。

それはだめでも嫌でもなく、リリーシアの気持ちを正確に表した言葉でもあった。

無理。

これ以上は、リリーシアには無理なのだ。

正直に、思考がついていけないし、混乱で正確に考えることもできない。流されることも怖いし、デュークの言動について考えることももうしたくなかった。

もう無理だ、と本能がリリーシアの思考を止めたと言ってもよかった。

目尻にたまった涙も、いつの間にか零れてしまっている。次はどう出るのか、全身で構えて震えてしまっていると、それを見ていたデュークは少し考えて、肩を落とした。

「……わかりました」

「……えっ」

「仕方ありません。強要して、嫌われる方が困りますから」

ここまでしてまだ嫌われていないと思っているのだろうか、とリリーシアは言いそうになったものの、自分がデュークをそこまで嫌っているわけではないと、改めて知ってしまって狼狽える。

「でも、一緒に眠っていただけますか？」

眠る、と言われて、リリーシアは昨夜を思い出した。

胸元に顔を埋められて、眠ってしまったのだ。

それはそれで恥ずかしかったけれど、こちらを窺うように甘えた様子で出てこられて、リリーシアはむぅっと考えてしまった。

どうして考える必要があるの、と冷静に思う一方で、弟妹を相手にするように甘やかしてあげてもいいのでは、と思ってしまっている。

それでも、甘やかしてつけ上がられると大変だと理解したリリーシアは、警戒しながらも言った。

「……その、昨日の、ようには……ちょっと」

その瞬間、デュークは花が開いたように嬉しそうに笑った。

どうしてそんなに嬉しそうなのか、リリーシアが呆けてしまうほどだ。

「わかりました。では後ろから、スプーンのようにくっついて眠りましょう」

その提案に、どんな？　と疑問が浮かんだものの、リリーシアは引っ張られるように寝台に一緒に転がって、その体勢を理解した。

「……っ」

くっついて、というのは本当にくっついてだった。

寝台に横になったまま、デュークは背後からリリーシアを抱きしめたのだ。

広い胸に後ろから抱きしめられ、背中だけではなく足までデュークの存在を感じている。

昨夜よりも密着しているのでは、と狼狽えたものの、デュークがまるで安心したように深く息を吐いたことに言おうとした言葉がつかえた。

「……おやすみなさい、リリーシア様」

その声に、疲れを確かに感じ取ったリリーシアが、この手を解くのは無理だった。

「……………おやすみなさい、デューク様」

リリーシアの小さな声に、ぎゅっと一度腕に力が込められたものの、聞こえてきたデュークの寝息にリリーシアもまた睡魔に意識を奪われていった。

この状況……いいのかしら……？

正直なところ、結婚も考えていなかったリリーシアに、婚約どころか誰かと付き合うことすらすぐに受け入れるのは難しかった。

押しの強いデュークに流されている自覚はある。

結婚なんてとデュークを拒んでいたものの、拒む理由はどこにあるのだろう、とリリーシアは考えながらも、睡魔に負けてしまった。

6

リリーシアはまだメイドの手で着飾られることに慣れなかった。

それでも、彼女たちの手にかかって新しいドレスを身に着ければ、リリーシアでも自信がつくくらいになるとわかってしまっている。

だが浴槽で洗われたり、全身のマッサージまでされることは一生慣れないと思う、と化粧をする段階になってすでに疲れていた。

「姉様！」

そこへ、同性という気安さからジュリアが顔を覗かせる。

お姫様になりたい、という子供らしい夢を持つ妹が、着飾って観劇に出かけるリリーシアに興味を持たないはずがなかった。

「わぁ、これが今日のドレスね！　とっても綺麗、似合うわ！」

まだリリーシアはコルセットの下着状態だが、壁にかけられたドレスと髪型も整えられていくリリーシアとを見比べてジュリアが声を弾ませる。

「そ、そう……？」

愛らしい妹に褒められて、嬉しくならないはずはない。

「そうよ！　最近だって、姉様綺麗になったし、つやつやだもの！」

何がつやつやなのか、リリーシアにはわからなかったが、ジュリアが言っている意味はなんとなく理解できる。

食事がおいしいのだ。そしてお腹いっぱいまで食べられることが、リリーシアを太らせていた。と言っても、これまでは痩せているというよりこけている、というほど細かったリリーシアだ。体力だけは持っていたつもりだが、健康的ではなかっただろう。

肉づきがよくなって、全体にふっくらした気がする。ジュリアが言っているのはそういうことだろう。

胸もお尻も、ちょっと丸くなった気がする……

リリーシアがそう思った時、部屋にデュークの声が響いた。

「――そうですね。ですがもう少し肉づきがあっても私はいいと思いますよ」

「それは――」

どういう意味、とリリーシアが咄嗟に訊き返そうとして、自分の姿を思い出した。

「――――!!」

裸同然の、支度途中の姿を見られたのだ。

平然と女性が着替えをしているところへ入ってきたデュークに、正気か、と怒鳴りたくなるが恥ずかしさで声も出なかった。

「失礼いたしました。これをお渡しするのを忘れていまして」

デュークは手にしていた箱を見せるように振ったものの、視線はリリーシアに釘づけだ。

どうしたら、と動揺していたリリーシアよりも、現実を理解し動いたのはジュリアの方だった。

「もうデューク様！　女の用意中は見ちゃだめなのよ！」

「それは失礼しました。申し訳ありません、ジュリア様」

「女はね、完璧に綺麗になったところを男のひとに見てほしいものなのよ」

「なるほど、勉強になります」

まだ九つの妹がどこで知ったのか、そんなふうに言うことにデュークは穏やかだが真剣に頷く。

「だからまだ見ちゃだめなの。ほら、私と一緒に向こうに行きましょ。一緒に待っててあげるわ」

「ありがとうございます、ジュリア様。……リリーシア様、また後で」

楽しみにしています、と言いながら部屋を出ていくデュークを、メイドたちが恭しく扉を開けて妹と一緒に送り出す。

その様子に、この使用人たちは、本当にデュークの使用人で、リリーシアのためにいるのではないとはっきり感じた。

少なくとも、リリーシアのことを思うなら、着替え中の女性の部屋に男性を入れたりしないだろう。

快適に、なんの問題もなく過ごさせてくれる有能な使用人たちだが、彼らに囲まれて暮らすことに今更不安を覚えたリリーシアだった。

＊

宮殿に行くことも、社交界すらまともに通っていないリリーシアだ。

もちろん、観劇に行くのも初めてだった。

両親は何度かあるようだが、リリーシアがたしなむような余裕はないし、誰かに誘ってもらおうにもそんな付き合いもない。

リリーシアが辛うじて社交として付き合っているのは、階級の低い男爵家の者たちなのだ。友人と呼べるような存在の人たちとすら、頻繁に顔を合わせるわけでもない。これまでのキングスコート家の財政状況では、侯爵夫妻である両親が最低限の社交を行うだけで精一杯だったのだ。

しかしこれからは違う。

両親も好きな時に好きなところへ行けるし、リリーシアも誰と付き合っても遜色ない格好を保てる。

こんなにも高価な首飾りを与えられるくらい、デュークは資産も持っているのだから。

デュークがリリーシアに、と持ってきたのはドレスによく似合う首飾りだった。トップにリリーシアの瞳と同じ色の宝石が入った、美しい意匠のものだ。これだけで一財産になるだろうものだが、デュークは気に入ってくれたのならいくらでも用意するなどとのたまう。

そんなに着けていくところがない、とリリーシアは慌てて断った。貧乏が長く、身分としてはこれくらいの装飾を着けていて当然なのだが、リリーシアはドレスにも加えてこの装飾にさえ落ち着かなくなるほどの貧乏性は抜けていない。

だがデュークと付き合っていくのなら、この広い屋敷に引き籠もっているわけにはいかないと、リリーシアは母に教えられて気づいた。

何しろデュークは最年少で第一宰相補佐官になった出世頭で、貴族からも平民からも注目を集める存在なのだ。結婚するとなれば、デュークと付き合いのある人々との関係を深めるために自ら夜会を催したり人を集めたりしなければならなくなる。

どうやってホストを務めるのかさっぱりわからないリリーシアは、本当に貴族社会を知らない役立たずだ、と自分に呆れ、ひそかに落ち込んでいた。

そう思い知ったのは、デュークと並んでいると次々に挨拶をされるのだが、ただ横で微笑んでいるしかできなかったからだ。

今日のリリーシアは、メイドたちが特に力を入れて作り上げた傑作と言ってもよかった。いったいいつの間に作ったのか、瞳の色に合わせて誂えたのか鮮やかな緑のドレスは華やかで、本格的にコルセットで締め上げられても我慢してしまうくらいだ。そしてとどめの首飾りに、リリーシアは今自分がどれほど目立っているのかを実感しないわけにはいかない。

リリーシアの瞳は父から譲り受けた翡翠の色だが、髪は金色だ。

金髪というと明るい印象なのに、リリーシアは自分の髪の色が映えないことを知っていた。何故なら、金色は金色でも、黄色に近いものだったからだ。特に、近くに完璧と言える容姿を持つ者がいれば、自分の顔がどれだけ平凡なのかはいやでも悟ってしまう。

妹のジュリアは輝くプラチナブロンドに、母から受け継いだ菫色の瞳で、本当にお姫様のように愛らしいのだ。

どれだけキングスコート侯爵家が経済的に困窮しようとも、ジュリアだけは嫁ぎ先に苦労しないはず、と誰もが思っていたくらいだ。そして嫁ぎ先は、幸せになれてついでに実家の援助もしてもらえるところにならないか、と浅ましいことを考えていたのも確かだった。

そんな妹がいるのだから、リリーシアは自分の容姿を自覚しているつもりだった。

けれど、本格的に化粧を施し、複雑な形に髪を編み上げて輝く装飾で飾り立てられたリリーシアは、ちょっとくらい自信を持ってもいいのでは、と思うくらい綺麗に仕上がっていた。

デュークにも「綺麗です」と言われた。

調子に乗っていたのだと、リリーシアが思い知るのはすぐだった。

劇場に集まった貴族の婦人、令嬢たちは着飾ったリリーシアなど霞むくらい、きらびやかだったからだ。

そして次から次へと、デュークに挨拶に来る人々。それは裕福そうな平民だけではなく、リリーシアも知るような名のある貴族たちまで様々だった。その相手をすべて知っているのか、如才なく挨拶を交わし軽い会話をしていくデュークに、この人は本当に、自分とは違う世界で生きているのだと感じ、思い知ってしまった。

デュークが、リリーシアを隠すことなく、婚約者だと紹介するのにも驚いた一方、相手が驚くのはこれまで社交などまったくしていなかったキングスコート家の長女で、相手が納得するのはキングスコート侯爵家が困窮していて援助を必要としていると誰もが知っているからだった。

貴族らしい会話をそれほどしたことのないリリーシアでも、向かい合う彼らが内心どう思っているか気づく。

それでもデュークの隣に立てていたのは、デュークがいつも通り自信たっぷりだったのと、キングスコート侯爵家の令嬢であるという事実だけがリリーシアを支えていたからに過ぎない。

ただ固まってしまったような笑みで振り子のように相槌を打つだけのリリーシアは、初めての観劇だというのに、内容もあまり理解できないほど気持ちがしぼんでしまっていた。

＊

劇場中に拍手が溢れ、演劇が終わったのだとわかってリリーシアも手を叩く。

「リリーシア様」

デュークに呼ばれ、リリーシアは劇の感想も言えないことに焦りを覚えたものの、言われたのは別のことだった。

「申し訳ありません、知り合いを見つけてしまったもので、少し挨拶をしてきてもよろしいでしょうか？」

「あ……ええ、どうぞ」

デュークが貰ったチケットは個室になっていて、ここにいればリリーシアは直接の視線を感じないでいられる。すでに挨拶に疲れていたからだ。デュークが一緒に、と誘うのに、ここで待っている、と言ったのはもうこれ以上の挨拶を受けても覚えていられないと思ったからだった。

「そうですか……？　では、誰かに誘われてもここから出ないで動かないでくださいね？」

まるで子供に言い聞かせるようなデュークに、思わず笑ってしまった。

「ひとりで帰るのは無理だから、ちゃんと待っています」

久しぶりに、普通に笑った気がする、とリリーシアはほっと息をついた。帰りの挨拶も忙しいのか、劇場内がまたざわついているのを耳に入れながら帰路につく人々を見ていると、個室の入り口から声が聞こえた。

「——リリーシア様ですか？」

伺う声は女性のもので、デュークではなかった。

入り口はカーテンで仕切ってあるだけで、入ろうと思えば誰だって入ることができた。プライバシーは保たれているが、カーテンの向こうは通路なのだ。

振り向くと、華やかな赤いドレスに身を包んだ女性がすでに中へ入っていた。その後ろにふたりほどの連れを伴っている。

「あなたは……」

誰だったか、とリリーシアは記憶を探る。

もともと知り合いは少ない上に、今日だけで挨拶を交わした人が多すぎるのだ。でも勝気な大きな目が印象的で、見覚えが……とぼんやり考えたところで、向こうから名乗られた。

「シャロン・エイマーズですわ。エイマーズ伯爵家の娘です」

「ああ……シャロン様、どうかなさいましたか？」

そうだった、と言いかけて、慌てて言葉を紡ぎ直す。

リリーシアの戸惑いなど気にせず、シャロンと言った令嬢は口を開いた。

「あなた、デューク・クレインと婚約されたって、本当ですの？」

「え……っと、それは」

婚約者だと、今日散々に紹介されていたものの、すぐに頷けなかったのは、リリーシア自身がそう言っていいのか躊躇ったのと、デュークを呼び捨てにする人が初めてで戸惑ったからだ。

「彼が突然結婚するなんて聞いてびっくりしたものだけれど……お相手を知ってまた驚いてしまって」

そう言って笑うシャロンは、まさしく正統派令嬢のように見えた。

きらびやかなドレスを着慣れた余裕と、耳や首を飾る輝く宝飾、それに微笑む口元を隠すレースでできた扇。ついでに、リリーシアの全身を確かめて冷ややかな目で嗤う顔。

プライドの高い、高位貴族の令嬢そのものだ、と思ったのだ。

リリーシアは侯爵家の令嬢ではあるが、その名が歴史だけしかない貧乏貴族だと社交界には知れ渡っている。こんなドレスを着るのも初めてで、端からは着慣れていないのが見て取れるのだろう。

相手は伯爵令嬢であっても、これまで培ってきた経験の差からシャロンがリリーシアをはっきり見下す態度を隠さなくても反論はなかった。

ただ気になったのは、彼女がデュークをも蔑んでいるように感じたからだ。

驚いた理由など、今日紹介された皆周知であろうし、リリーシアも知っているが、敢えて聞いた。

「……どうしてですか？」

シャロンもわかっているでしょう、と目を細めたまま、それでも答える。

「リリーシア様のお宅のことは、ええ、もちろん存じております。建国から続く名門キングスコート侯爵家ですものね。あの人、資産だけはお持ちですもの……お相手に選ぶのは、もっともだとみんなで納得いたしましたの」

丁寧な言葉を使っているものの、選んでいる言葉からは侮蔑が見え隠れする。いや、隠すという気もないのだろう。

キングスコート侯爵家の窮状から、財産のある相手を選んだ。そう思われても不思議はないとリリーシアだって思っているし、それをありがたく受け取っているのだ。

デュークが建前として、実家が過去に受けた恩を返す、と言ってくれていても、実際援助してもらっていることに変わりない。

リリーシアは家が、家族が楽になるのなら、そのくらいの侮蔑も嫌味も受け取るつもりだった。弟妹の未来が明るくなるのならなんとも思わない。

覚悟もしていた。

けれど、気になったのはそこではない。

自分が貶されることではない。

デュークが見下されていることが、リリーシアはなんだかひどく気になった。

「あの人も、そうまでして貴族になりたいのかしら、とみんなで噂をしていたところでしたの」

あの人、とシャロンはまたそう言った。

「貴族になれれば、もうひとつ上に進めますものね。そうまでして出世されたい、という平民の気持ちが私たちにはよくわからなくて……それで、リリーシア様に確かめてみようと思いまして、ねぇ？」

シャロンが背後のふたりに同意を求めていた。類友とはこういうことだろうか、と納得してしまう表情をしていた。

「リリーシア様は、あのキングスコート侯爵家のご令嬢でしょう？　あの人は確かに高位の政務官ですけれど……本当にそれでよろしいの？」

「私たち、余計なこととは思いながらも、心配しているんですの」

「ええ、こうしてお会いできたんですもの。この機会に確かめておかなくてはと急いでまいりましたの」

何を――確かめるというのか。

リリーシアには、彼女たちの言葉が理解できなかった。

いや、理解はできていた。ただそんな風に言われると想像もしていなかった。

「だって、選ばれたのがよりによって……ねぇ」

「深窓のご令嬢でもある、キングスコート侯爵家のリリーシア様でしょう?」

「貴族になりたいのなら、その辺の名ばかりの家がありましたでしょうに、わざわざ侯爵家を選ばれたんですもの」

「あまり社交界に顔をお見せにならないから、もしかしてあの人のことをご存じないのかしら、と心配で」

「――存じ、ない?」

リリーシアは自分の表情が抜け落ちていく気がした。

それでも彼女たちは、リリーシアの返事など気にせずに好き勝手に話を進めている。親切な口ぶりで、デュークも、リリーシアも貶めたいという態度を隠しもしない。

それでもリリーシアがデュークをあまり知らないのは確かで、つい言葉尻を捉えて問い返してしまった。

それに相手は嬉しそうに、目を細めて答える。

「デューク・クレインが平民であることはご存じでしょうけど、あの人、出世のためならなんでもするような節操のない人なんですのよ……」

「本当に、そこまでして権力が欲しいのかしら……平民だもの、浅ましさは隠しきれないものですわね」

「そうそう、平民の機嫌を取るために下々に仕事を斡旋しているとか……政務官であるのに、本当にすべきことを弁えていらっしゃらないのは、問題だと思いません？」

「――そこまでです」

リリーシアは、思った以上に冷たい声が出たことに自分でも驚いていた。

自分のことは、なんと言われても問題はない。好き勝手に言われても、ただの言葉だ。貧しいことは事実でもあるし、否定しても意味はない。すでに受け入れていることだから平気だったのに、これは違った。

デュークのことを、彼女たちが蔑むことが、本当に我慢できなくなったのだ。

彼女たちは貴族であるし、デュークは平民だ。身分だけを見れば、上下関係ははっきりしているが、彼は違う。

デューク・クレインは、ただの平民ではない。

実家の資産はあるものの、実力で今の地位までのし上がったのだと、彼を知っていれば誰もがわかることだった。

毎日倒れるように疲れて眠るほど、大変な仕事をしていると、知っている。

そのデュークを、平民という身分だけで見下している彼女たちの言葉をもう一言でも聞い人でしょう」

「デューク様はとても素晴らしい人です。誰もが真似しようにも、真似もできないくらいの

ていられないほどに、リリーシアは腹を立てていた。

「な……」

「そ、そんなことを……」

リリーシアが反論するとは思っていなかったのか、彼女たちはすぐに狼狽えた。

「それを理解していただこうとは思いません。どうしても、理解できない方もいらっしゃるのは、仕方のないことですもの。あなたがたが悪いわけではないですしね？」

「なんですって――!?」

「私はキングスコート侯爵家の娘ですが、デューク様に選ばれて……光栄に思っています。どうぞ他の皆様にも、ご心配は無用だとお伝えください」

にこりと笑った。

リリーシアは自分の笑みが、どうしてかデュークに似ている気がした。

嫌味を言う顔が、彼女たちに似ていないのは嬉しいけど、とも思っていた。

突然リリーシアに言い返されたシャロンたちは、驚いた顔を怒りに染めて、扇を握りしめた手がブルブルと震えている。

せっかく綺麗にしているのに、その顔では台無しだ、とリリーシアは冷静になった。言い

返されるのもわかっていたが、さっきよりも冷静に受け止め、そしてまた言い返す気でいたが、相手が怒鳴るように口を開いた時、低く楽しげな声が遮った。

「――楽しそうですね？」

それに驚いたのは、リリーシアよりもシャロンたちの方だろう。

カーテンから音もなく姿を見せたのは、まさしく話題に上っていたデューク本人だ。

彼は今日は政務官の制服ではなく、燕尾服を着こなしている。上質な生地のせいではなく、彼から溢れる雰囲気が周囲を黙らせるのだ。貴族よりも貴族らしい。デュークを知らない人が見れば、彼が平民であるとは想像もしないだろう。

微笑んでいるのに冷ややかさを感じるデュークの表情は、昨日宰相省で見た仕事中のものによく似ていた。

シャロンたちはいつの間にか戻ってきていたデュークに驚き、顔を青ざめさせていたが、彼の方はまったく意に介していないように中へ入りリリーシアの隣に立つ。

「会話が弾んでいたようです。ご友人ですか、リリーシア様？」

「――いいえ、初対面の方たちです」

リリーシアが正直に答えると、デュークはなるほど、と頷いて視線を相手に向ける。

「シャロン・エイマーズ伯爵令嬢」

「――――っ!!」

デュークに呼ばれ、シャロンの肩がびくりと大きく跳ねる。可哀相に思えるくらい顔が青くなっていて、デュークの悪口を言ったことに今更怯えているようだ。

つまり、彼女たちはどれほど悪し様にデュークを非難しようとも、彼の力はよく理解しているのだ。

宰相省の第一補佐官。

誰がなんと言おうと、彼の上には宰相本人しかいない上級政務官なのだ。

「エイマーズ伯爵には以前お世話になったことがありますよ。ぜひ、またお会いしたいとお伝えくださいますか？」

「あ……いえ、あ、の……」

ついさっきまで、淀みなく話していたことが嘘のようにシャロンの言葉が詰まる。

デュークが彼女の父にまで手を伸ばせる力があると、改めて理解したようだ。

「まだご用がありますか？」

デュークが尋ねたのは、リリーシアにだ。

正直なところ、こんなところにもう用はない。リリーシアが首を横に振ると、自然な仕草で腰に手を回された。

「では、我々はこれで。お先に失礼します」

「………あ」

デュークに促されて個室を後にしたものの、微かに零れてきた声につい振り向いて、リリーシアは見てしまった。

デュークを追うようにしていた彼女たちの視線を。その表情が、羨望に染まっているのを。

彼女たちは、本当にリリーシアに嫌味を言いに来ただけだったのだ。

何より、彼女たち自身が、本当はデュークとの未来を望んでいたに違いないと、リリーシアは気づいてしまった。

リリーシアの腰を抱いて優雅に歩くデュークを見上げ、「どうしましたか」と微笑まれて、リリーシアも呆れ交じりに納得するしかない。

平民だと言われても信じられないような整った顔に、誰も逆らえない地位。本当は彼に望まれたいと、願っているが身分が邪魔をして言えない令嬢が多いに違いない。

リリーシアは改めて、彼の求婚を拒む理由を思い出した。


身分が、違いすぎるのだ。

＊

屋敷に戻ると、すでに家族は寝静まっていて、朝が早いのだから夜も早い自分の家族たちに安心しながらも、ふたりきりにされたようでリリーシアは緊張した。

「リリーシア様」

デュークに名前を呼ばれ、必要以上に身体が強張っている気がする。

二階の部屋に入ってしまったものの、リリーシアは今日はメイドたちに夜着に着替えさせられていない。ドレスのままだった。デュークも乱れひとつない正装姿だというのに、いつもより空気が張り詰めている気がするのは、リリーシアの気のせいだろうか。

それとも、リリーシアが当然のようにこの部屋に戻り、デュークと一緒にいることに慣れてしまったせいだろうか。

「デュ……っ」

リリーシアも名前を呼ぼうとして、失敗した。

デュークの手が後ろから伸びて、リリーシアを抱きしめたからだ。そしてその手はリリーシアの剝き出しの肩に触れ、自分で用意した装飾に触れる部分をなぞっている。

「……リリーシア様」

デュークの吐息のような声がうなじにかかり、リリーシアは息を詰めた。

これは、おかしい気がする。

リリーシアはそう思ったのに、身体はデュークの手に抗おうとしなかった。

身分が違う。

そう思ってしまったばかりなのに――だからか、リリーシアはこの状況がデュークの意思でなり立っていることに改めて気づいた。

リリーシアは受け入れているようで、デュークが望まなければあり得ない状況でもあるのだ。

リリーシアを望むとデュークは言ったが、本当に望まれているのだろうか、と不安がリリーシアの胸に渦巻いている。

この手を払ってしまうと、デュークはあっさり離れていくのだろう。

それがなんとなくわかってしまって、リリーシアはデュークの手に抗わなかった。

本当は、リリーシアも――デュークに求められたかったのか。

そう思うと、リリーシアはデュークに選んでもらえたことが嬉しいと思う一方で、どうして自分なんかが、と卑屈さが頭を擡げる。

リリーシアがなんの抵抗もしないのをいいことに、デュークはドレスを脱がし、コルセットに下着姿、というあられもない姿にリリーシアを剝いてしまっていた。

反応もないことに、デュークが気づかないはずがない。

「……どうしました、リリーシア様？　このままでは、襲われてしまいますよ」

からかうようなデュークの声だが、本当にデュークがそう望むなら、何も知らないリリーシアなど簡単に丸め込んで純潔も散らしてしまえるだろう。

そうしないデュークに、気遣われすぎている、とわかってしまってリリーシアは自分の思考が歪(ゆが)んでいるのを感じた。

「リリーシア様?」

デュークがリリーシアの顔を覗き込んできたので、リリーシアは感情がそのまま表れた目で、睨んだ。

「………しないくせに」

ぽつり、と零した声は、リリーシアの本音でもあった。

しかし、願望が表れてもいた。

デュークは珍しく、息を呑むように動きを止めて、それから目元を覆うように片手で隠した。

「……私を試しておいでか」

低く、リリーシアが聞いたことのないような声色だった。

その声にリリーシアは正気に戻ったように身体をわななかせたものの、遅かったようだ。

「デュー……ック、様!」

リリーシアははしたない姿のまま抱き上げられ、寝台にそのまま移動させられた。

そして柔らかな敷布の上に落とされてから、デュークの顔が燭台の火に逆光となって見えないことに不安になった。

「──いいでしょう、試されましょうか……ととことんまで思い知っていただくのも、必要かもしれませんしね」

「デューク様、何を……」

デュークの、冷静なようでいて、冷たく感じる声は初めてで、リリーシアの緊張が増した。

自分は何をしてしまったのか、不安で落ち着かなくなる。

しかしデュークはリリーシアの身体を弄り、誤魔化さない声で告げた。

「貴方を口説くのに、こういうやり方もある、ということです」

「────っ」

リリーシアが息を呑んだのは、デュークの手が下肢に伸びたからだ。シュミーズの裾から遠慮なくドロワーズを引き下ろし、何も隠さないリリーシアの脚を撫でる。

そしてデュークは、誰も触れたことのない秘部にあっさり手を沿わせた。

「あ……っ！」

狼狽えても遅い、とリリーシアは自分でも思ったが、どうしてか泣き叫んでやめてほしいと訴えることなどは考えつかなかった。

「あ、あ、あっ」

他人の手が、指が、自分でも触れたことのないような奥まで開くように入ってくることに、驚き怯えたもののやめてほしいと口からは出ない。

こんな、はしたない……！

リリーシアは自分を罵りながらも、デュークが手だけではなく、口と全身でリリーシアに触れてくることに身を任せてしまっていた。

全身で、愛撫されている。

そう思うと、胸元だけでなく肩から腕に口づけられることも、脚に熱いものを押し当てられることも嫌だとは思わなかった。

下着姿だというのに、コルセットはまだ締められたままで、触り心地が悪いだろうに、とリリーシアが思ったのは、その手がどんなふうにリリーシアの肌に直接触れてくるかすでに知っているせいだった。

硬い布越しではなくて、もっと、と強請りそうになって、リリーシアは全身が熱くなる。

布越しに感じる指先だけでも、身体の奥が熱く潤っているのに。

リリーシアはこの熱を逃がす術は知らない。もうデュークに身を任せるしかなかった。

「リリーシア様」

「……っん、はぁ」

名前を呼ばれて、リリーシアは荒くなった息を整えようとしながら、潤んでしまう目でデュークを見ようとして、唇を塞がれて目を閉じた。

「ん、ふ……っ」

デュークの舌が、躊躇いなくリリーシアの口腔(こうこう)を弄っている。そして大きな手がリリーシアの腰を掴み、デュークの服越しに熱く潤っている場所に押し当ててきていた。

リリーシアは知らず、自分で脚を開いていた。

デュークはそれに気づき、荒い口づけをやめ、リリーシアのむずかる下肢に視線を向けている。

「……デューク、様」

「……ああ、本当に、試されているのでしょうね……！」

珍しく、語尾を荒らげたようなデュークにリリーシアは上下を返された。

「あ、んっ!?」

うつ伏せにされたかと思うと、デュークの手がリリーシアの腰だけを持ち上げる。

自分の格好のはしたなさに顔がかぁっと熱くなったが、次の瞬間にはそんなことは気にならないようなものが脚の間に触れて息が止まってしまった。

「…………っデュ、ク、さ」

「……ああ、これが限界でしょうか」

コルセットもそのままだが、シュミーズもそのままで、ふたりの間はその薄い布一枚が隔てている。けれどその布を押し上げて、リリーシアの脚の間に、秘部へ擦りつけるように熱く硬いものが押し当てられていた。

それがなんなのか、リリーシアは見るのが怖かったが、確かめるまでもなかった。

声が震えているのがわかったが、リリーシアの閉じた脚の間に、それを擦りつけるようにして腰を動かしたデュークに、すすり泣くような声が抑えられなかった。

「――リリーシア、様」

「……つぁ、あ、あっ」

デュークの苦しげな声が耳に届くと、身体の火照りが増した。

全身がそこに意識を集中し、手で触れるなど可愛らしいものだと思うくらいの衝動と、気持ちよさを確かに感じていた。

「や、あ、あああっ」

布越しだというのに、デュークの性器が自分の中に入ろうとしてくるのがわかる。

それでも押し入ることはなく、秘部のすべてがそれで擦られることに、またもどかしさも感じてリリーシアの身体は崩れ落ちそうだった。

けれどしっかりとデュークに腰を掴まれていて、強制的にそれを感じさせられる。

「あ、あぁ、あああっ」

もはやリリーシアには悲鳴のような嬌声を上げることしかできなかった。

デュークに与えられる愛撫を受け止めるだけで、返す術もない。彼の弱みなど欠片(かけら)さえ見つけることは無理だと感じた。

けれど最後には、デュークの荒っぽくなった声を聞いた。

「――これで、貴方の身体くらいは……口説き落とせたらいいのにっ」

それがどうしてか、悲しそうなものに聞こえて、リリーシアはどうしたのか、と心配になった。しかしすぐにデュークの動きは激しさを増して、リリーシアは押し上げられるように自分の身体が熱くなったのを感じたのを最後に、意識を飛ばしてしまった。

7

寝台は広いのに、隙間ないほどくっついて眠る意味がよくわからない。

リリーシアはまだ、複雑な気持ちを抱えていた。

「ん……っぁ！」

肩を竦めるようにびくりと震えたのは、後ろから回された手がいたずらをしかけてくるからだ。

片手が腰に回って股間を押しつけられて、もう片方の手がガウンの中に滑り込んで柔らかな胸を包んで、指が硬く尖った乳首を軽く引っ搔いて、リリーシアの顔は熱くなる一方だった。

その腕から逃れたいのに、身体は丸くなるばかりで、背後のデュークから上手く離れられているとは言い難い。

「ん、も、う……っやめ、ぁっ」

きゅ、と弾かれた乳首を摘まれて、またリリーシアは震えた。

いったいどうしてこんなことに、と何度思ったことだろう。

デュークとはあれからも毎日、同じ寝台で転がって、くっついて眠っている。

そしてリリーシアの身体を先に落とせばいい、とでも言うようにいたずらをしかけてくるのだ。

あの日ほど激しく抜身のものを使うわけではないが、抱き枕のようにいいようにされている。

リリーシアは、それに慣れてしまった。

本来なら慣れることでもないのだろうが、自分で自分の気持ちが上手くまとめられず、強く出られるままに流されてしまっている。

そしていつからか、陽が昇ってからもデュークが夜の続きとばかりにいたずらを再開して、リリーシアの身体を弄ってくるようになってしまった。

やめて、と振り向くと、唇が塞がれる。息が苦しくなるよりも、逃げられないと思い知らされ怖くて、リリーシアは二度と振り返らないようにしている。

それを知っているのか、デュークは代わりとばかりにリリーシアのうなじに顔を埋め、長い指で器用にリリーシアを翻弄してくる。

時々、乱れた裾の中に指が潜り込んでくることがあるけれど、恥ずかしさでどうにかなってしまいそう、とリリーシアは顔を手で覆うしかできなかった。

まだ寝ぼけているのか、と思うようないたずらに身体だけでなく心まで揺さぶられている気がして、リリーシアは最近自分がおかしくなったと感じていた。

分厚いカーテンの向こうは、確かに陽が昇って朝を教えてくれているのに、デュークはまどろんで甘えるようにリリーシアの肢体を撫で、口づけ、あまりにも簡単にリリーシアの身体を作り変えてしまった。

デュークの指が秘部に触れるだけでなく、濡れているのを知っていると、教えるように時々音を立ててそこをかき回す。

「ん、ふぁ……あ！」

リリーシアは自分のどこが感じて、どうしたら達してしまうのかをすでに教えられた。デュークはリリーシア以上にそれを知っている。

もうおかしくなるほどリリーシアの身体は柔らかくなっていて、デュークを受け入れられるくらい翻弄されているのに、デュークはそれ以上は進まなかった。

そして体内時計でも仕込んでいるのか、毎朝起床時間になるとデュークはピタリと手を止める。

「……っん、はぁ……」

リリーシアだけが息を弾ませていることが、なおさら腹立たしい。

デュークはゆっくりと上体を起こし、寝台に丸まろうとするリリーシアの胸元をはだけて覗き込み、「おはようございます、リリーシア様」と言う。

「……そこは私では、ないです……」

せめて顔を見て、と思うが、やっぱりこんな蕩けた顔を見られる方が恥ずかしい、とリリーシアは悪態をつくだけだ。

嫌味を言っても、デュークは今までの淫らな行為などまったく匂わせない爽やかな笑みを返して支度を始めた。

もうこんな日が、何日続いているだろう。リリーシアは数えざるを得ない日数を数えた。

期日が近づいているのだ。

だというのに、リリーシアはまだデュークの弱みを見つけられないでいる。

「リリーシア様、今日のご予定は？」

デュークはすでに賭けに勝っているかのような余裕で、リリーシアを甘やかしてくれている。

こんな予定ではなかったし、この状況はどう考えてもおかしいとしか思えなかった。

そもそもが、おかしな契約だったのだ。

あの時は、突然の求婚と状況の変化についていけず、デュークに圧倒されて受け入れてしまったが、どう転んでもリリーシアに、キングスコート侯爵家に都合のいい契約など、不自然極まりない。

けれどデュークはそれを守り抜いてくれるようだし、そしてこのままではリリーシアとの結婚が決まってしまう。

もう家族はそのつもりだろうし、なんでもしてくれて優しいデュークに懐いている弟妹に至っては結婚しないとなれば泣かせてしまうかもしれない。

リリーシアは中途半端に熱くされた身体を持て余し、恨めしい顔を背けながら今日も早くから宮殿へ向かうデュークに答える。

「今日は、特に……お母様と予定を決めるかもしれません」

「そうですか。何かあればすぐに連絡してくださいね」

いってきます、とリリーシアの額に口づけを落として出ていくデュークに、まるで新婚のような、とリリーシアは顔を両手で覆って悶えてしまう。

どうしてこうなったの、と自問するだけの毎日にいい加減情けなくなってもくる。

そしていつまでもひとりで寝台で丸まっているのも恥ずかしくて、リリーシアも起きて支度をするのだ。

相変わらず、キングスコート侯爵家は家族で食卓を囲む。貴族にあるまじき、朝食から一家団らんだ。それでも一月も経っていないというのに、リリーシアの生活は本当に変わってしまっていた。

あれから何度か、デュークとは出かけている。美術館や公園を散策したり、植物園も一緒に回って、仲のいいふたりだと、社交界ではすでに噂になっているらしい。

らしい、というのは、貴族が集うところへは出かけていないからだ。夜会やお茶会はもちろん、付き合いもあるだろう晩餐会にも同席するわけではない。

それが、リリーシアにはデュークの気遣いだとすでにわかっていた。

結婚が決まっているように振る舞いながらも、婚約が白紙に戻った場合のことも考えて公の場には出向かない。

だからリリーシアとデュークはまだ婚約したという噂が広まっているだけであり、結婚の話までは進んでいないのだ。

デュークはキングスコート侯爵家のもともとの資産もいくつか買い戻し、もしデュークが離れていっても生活に支障がないようにまでしてしまった。

裕福な暮らしができるほどではないが、屋敷が整えられ、内職や身分を隠して働きに出る必要がないくらいには収入があり、貴族年金もあって、ニコラスに家庭教師と、ジュリアにマナーの先生をつけられるようにもなった。

一家の暮らしは、潤う一方なのだ。

朝食が終わってから、リリーシアはデュークに言った通り、母の部屋に行って予定を確認する。

「お母様、今日の予定だけれど……」

両親の部屋では、父は窓辺のソファに座って本を読み、母が机に向かって手紙を開けていた。

どうやらちょうど夜会などの招待状の確認をしていたらしい。

これまで社交界にほとんど出ていないリリーシアにはやはりなんの招待もないが、侯爵である父と母は最低限の付き合いに出席している。

今年はその招待状がいつもより多く見えて、リリーシアは眉根を寄せた。

「なんだか……多いわね？」

「多いわよ。もう皆うちのことを知っているでしょうけど、詳細が知りたくて堪らないんでしょう」

困窮し、没落寸前だったキングスコート侯爵家が持ち直したのだ。

長女の結婚相手の、今や知らぬ者などいない第一宰相補佐官によって。今年の社交シーズンの話題はこれで持ちきりだと言われているようだった。

勝手に話題にしないでほしい、とリリーシアはまだ複雑な気持ちをまとめられていないために顔を顰めてしまうが、噂が好きで煙がなくても火を起こすのが好きなのが社交界だ。

「……これで、破談になったら、どうなるのかしら……」

小さく呟いた声は、両親にちゃんと聞こえていたようだ。

ふたりは顔を見合わせて、カロライナは娘の手を取ってソファに座る。

「デューク様は、結婚相手には見られないのかしら？」

「そんなことは……」

「彼は平民だが、そこが問題かい？」

「まさか、むしろうちの方が問題だらけだったのに」

フィリップの声にもリリーシアは即答した。

その問題すら、解決したのはデューク本人なのだ。

ここまで来て結婚しなければ、恩を仇で返すようなことになるのではないだろうか。社交界でのリリーシアや侯爵家の評判も悪くなるだろう。

リリーシアの不安を汲み取ったのか、フィリップが言った。

「ま、まぁ、結婚の前には迷いが生じるというのはよく聞くし……」

「フィリップったら、そういうんじゃないでしょう」

俗にいう、マリッジブルーというものを持ち出されても、カロライナの言うように、それとは違う。

「何か不安があるんでしょう？　私たちに言えることとかしら？」

カロライナはいつも的確に、リリーシアに言葉をかけてくれる。

確かに、もうずっとある不安がリリーシアから離れてくれない。そしてそれを口にするのは、両親だからこそ憚られる。

リリーシアがデュークとおかしな契約を結んでいるのは、どうしても話せない。

そもそも、デューク様が欲しいのは貴族の身分だけで……

リリーシアとしては、デュークの弱みはまだわからないが、彼に関していろいろなことを知った。

慇懃無礼(いんぎんぶれい)なところも、腰が低そうに見せながら、揺るぎない自信を持っていて、誰にも負けない強さがあるところも。

仕事には真面目で、本気で国のために、貧しい平民のことまで考える優しいところも。

リリーシアに強く迫りながらも、リリーシアの気持ちを汲んでいつも途中でやめてしまうところも。

この契約は、最初からリリーシアを甘やかすためにあるのでは、と錯覚させるところも。

わからないのは、デュークの本心だけだ。

リリーシアと結婚すれば、デュークは貴族の身分を手にする。

しかし、それだけだ。

これまでのことを考えても、リリーシアに利がありすぎるのだ。あまりに不公平に思えて、リリーシアはまだデュークがリリーシアとの結婚にこだわる理由を見つけられず、不安が融けないいままだった。

デュークの弱みを見つけられればわかるのかも、と思っても、弱いところなどどこにも見当たらない。

混乱が深まるだけで、答えが見つからないまま期限が来て、このままではデュークの思惑通り結婚してしまう。

それが、今はリリーシアには怖かった。

デュークがリリーシアを選んだ本当の理由――それを知りたくてならなかった。

答えられないリリーシアに、カロライナが笑って抱きしめてくれる。

「――いいの。いつか、言えるようになったら教えてちょうだい。招待状だって、たくさん貰っても行きたいところにしか行かないのだから、あなたが気にする必要はないのよ」

「そうだぞ。結婚だって、したくなければしないでいい。万が一前の生活に戻ってしまっても、問題なく暮らせるわけだし」

そうなるとまだ幼い弟妹が可哀相だ、とつい思ってしまう。

けれどカロライナは笑った。

「恩を売ってくれたお祖父様に感謝しないとね。――とうとう、温室ができたのよ、気づいたかしら？」

「――気づいたわ……できたというより、復活したというのでしょうけど……」

デュークは本当に、この屋敷のすべてを元通りにするつもりらしい。

離れの奥にあったサンルームにもなる温室は、屋根も壊れて温室ではなく森のように雑草が覆い茂った状態だったのだが、上質な硝子が組み込まれた温室が先日復活したのだ。

正直なところ、温室まであったのか、と住んでいるリリーシアたちがキングスコート侯爵家の広さと豪華さに目を回したが、それを片っ端から直すデュークの財力も恐ろしい。

馬場も厩舎も問題なく使われているし、庭の景観はよくなる一方で、片隅にあった家庭菜園用のスペースは立派な畑になって、採れた野菜や果物は家族と使用人たちの食事に使われている。

「うーん……ここまで大きいと、維持するのに本当に大変だな……」

フィリップは自分の家ながら、予想以上の絢爛さに呆れてもいるようだ。

確かに、過去にキングスコート侯爵家はどれだけ繁栄していたのか、全貌を知るのも怖い。

それを直すデュークがいるのも、いなくなるのもリリーシアには怖くて堪らない。

せめて弱みさえ見つけられたら、堂々とデュークに結婚できないと伝えられるし、もう支援は必要ないとも言えるのに。

そして、結婚してほしいと強請ることすらできる——

ふと思い浮かんだ言葉に、リリーシアははっとなって唐突に心臓が鳴り始めたように緊張した。

自分が何を考えたのか、何を望んでしまったのか、それを打ち消すように首を左右に振った。

「リリーシア？」

突然の奇行に驚いた両親に、リリーシアは気持ちに蓋をしてなんでもないと答える。

カロライナは、そんな娘を見て背中を撫でながら声をかける。

「……リリーシア、あなたもどこかへ行ってみたらどうかしら？　ほら、友達のところとか」

気分転換に、と明るく言われたが、リリーシアは戸惑った。

「……でも、そんな余裕は、うちには――」

ついそう答えて、両親が苦笑したのに今の状況を思い出して自分でも呆れた。

「リリーシアったら、今はもうどこにでも行けるでしょう？　うちでお茶会を開いたっていいのよ」

「ああ、たくさん友達を呼ぶといい」

もう、他の家の招待を受けても着ていくドレスがない、と悩むこともないのだ。

両親の温かな言葉に、リリーシアも笑うしかなかった。

「……残念ながら、そんなにたくさん友達はいません」

それでも、侯爵家のリリーシア相手でも臆せず話してくれる友人はいた。

リリーシアは、相談ができるかも、とどこからか集めてくる情報で誰より物知りな友人の顔を思い出して、少しほっとした。

＊

リリーシアの一番の友人は、ヘザー・ハンゲイト男爵夫人だ。年齢も同じだが、彼女はもともと男爵令嬢で、早くに同じ男爵家に嫁いでいる。

ヘザーと知り合ったのは、デビュタントを終えた後唯一出席したお茶会で、隣の席になったのがきっかけだった。

同じような質素なドレスで、ヘザーは同じ階級だと思ったようだ。

しかしすぐにリリーシアが侯爵令嬢だと知っても、家の内情は同じ――いや、屋敷を持て余している分、リリーシアの方が困窮していたが、身分を気にせず話してくれる数少ない友人になった。

ハンゲイト男爵家は手堅い性格の家系で、資産をじわじわと増やしているいい家だった。その家に嫁ぐことができて、ヘザーは本当によかったとリリーシアもその時ばかりは精一杯お祝いをした。

身分はさておき、生活面で大分差が出てしまっていたふたりだが、ヘザーはリリーシアのことを気にかけてくれていて、賑やかな催しに来いとは強制しない。少人数で、気が置けない友人たちだけの集まりなどに呼んでくれる。そのおかげで、リリーシアのか細い社交の糸が繋がっていると言えるだろう。

ヘザーは昔から人の話を聞いたりまとめたりするのが得意で、社交界の噂には耳が早い。おそらく、リリーシアの状況もすでに知っているに違いない。

以前にデュークのことを聞いたのも彼女なのだ。きっとすでにある程度の事情も察しているのだろう。

案の定、リリーシアが出した手紙に、すぐに返事があった。強引に押しかけてこないのは彼女の優しさだが、今か今かと待っていたのかもしれない。

もうすぐ始まる社交シーズンのために、領地から王都に出てきていたヘザーは、二日後には会えると返してくれたのだ。

その二日は、もどかしくて長く感じたけれど、久しぶりに友人に会えたことでリリーシアは心からほっとしていることに気づいた。

「――リリーシア！　久しぶり！」

変わり果てたキングスコート侯爵家は使用人が多くなって秘密が漏れるのが怖いので、リリーシアはハンゲイト男爵家に向かった。そこで男爵夫人であるヘザー自ら出迎えてくれた
いつもの挨拶に自然と笑みが浮かんだ。

「久しぶりね、ヘザー。元気だった？」

「もちろん、元気よ！　あなたほどではないでしょうけど！　まったくしばらく会わないう

ちに何が起こったの？」

ヘザーはリリーシアが乗ってきた馬車と、付き人として一緒に来ていた侍女もざっと確認しながら笑って家に入れてくれた。

「いろいろと……本当に、なんだかわからないうちに、いろいろとあったのよ」

「ええ、今日は時間はたっぷり取ってあるから、全部教えてね」

噂が好きで、いろいろな情報を知っているヘザーだが、口の堅さもリリーシアはよく知っている。

おそらくリリーシアが唯一、なんでも話せる相手だった。

そしてヘザーなら、なんらかの助言をくれるかもしれないと、リリーシアは包み隠さず最初から最後まで打ち明けた。

＊

話し始めてから終わるまで、ゆうに二時間は使っただろう。

途中でヘザーからの質問などにも答えていたからだが、リリーシアも自分のまとまらない気持ちを合わせて話していたのでお茶は二回も淹れ替えたほどだった。

誰にも秘密に、というリリーシアの意思を汲んで、ヘザーは人払いをして、リリーシアの侍女も別室で応対するようにして、本当にふたりきりで話したのだ。

話し終えて、ヘザーが不思議な顔をしていることにリリーシアの眉根が寄る。

「……どう思う？」

「…………どうって、どうもこうも……なんでそんな複雑に考えているの？」

「えっ、どういうこと？」

リリーシアは、混乱する状況を伝えたつもりだが、ヘザーは呆れ半分の声になっていて、反対に不安になる。

ヘザーは自分ももう一度考えるように眉根を寄せて顔を顰めた。

「ううん、ええと……最初はつまり、クレイン補佐官に求婚されたのよね？」

「道端でね」

「突然？　まったく知らなかったの？」

「知らなかったわ。だから手紙で訊いたでしょう？」

「そうね、突然リリーシアがクレイン補佐官について訊くから、ようやく社交に目を向けるのかと思って期待してたんだけど……そんなことになるとは想像もしてなかったわ」

「私も想像外のことばかりで……」

「で、求婚を断って——まぁ初対面で道端の求婚なんて怪しすぎて避けて当然なんでしょうけど、その後屋敷に来て、食事の手配やら屋敷の修繕やらをしてくれている、と」

「そう、あっという間にすべて綺麗になって、整えられて……数日で馬場ができるなんて、誰が想像できるかしら？」

「うん、常識外ね」

ヘザーにそう言ってもらえて、自分の常識と同じだといくらか安堵する。

「おまけに温室かぁ……温室なんて普通に敷地にあるものなの？」

「あったみたい。私も知らなかったわ」

ヘザーは笑いながら新しいお茶を淹れた。

「さすが、建国から続くキングスコート侯爵家ね」

「没落寸前だったのだけどね」

「それを、クレイン補佐官が助けてくれた、と……」

「私の曾祖父が貸した恩を返すためのお礼だってお母様には言っていたらしいのだけど……」

「どれだけ大きな恩を売ったのかしら？」

「そんな大きなものではないはずだけど」

その頃にはすでに家は傾いていたのだ。

曾祖父がしたことは、財産のやり取りなどではないはずなのだ。

礼が大きすぎて怖い。

「お礼のお礼を返せって言われそうで、怖いわね」

ヘザーも同じ気持ちのようで、リリーシアは深く頷いた。

「でも、その様子はないでしょう？」

「ええ」

「それでふたりだけの契約では、クレイン補佐官の弱みを見つけたらなんでも言うことを聞くから結婚しなくてもよくなる、と……」

「……そうなの」

「…………うん」

「……彼、何を考えているのだと思う？」

「…………うん、私はむしろリリーシアが何を考えているのか知りたいわ」

「へ？」

目を閉じて、深く思考の中に沈んでいた様子のヘザーが、眉根を寄せて不思議そうに言ったことに、リリーシアは間抜けな返事をしてしまった。

「リリーシアは、何を悩んでいるんだっけ？」

「だから……その、デューク様が何を考えているのかが……この契約の意味とか、そもそも、結婚相手に私を選んだ意味が……わからなくて」

「ええ……」

リリーシアは繰り返しになっても、もう一度気持ちを言葉にした。

「だって貴族の身分が欲しいだけなら、わざわざ困窮しているうちを、私を選ばなくてもいいわけでしょう？　それこそ裕福な男爵家だってあるし、行き遅れた女を娶（めと）る必要もない……確かに侯爵家という位で考えると稀少かもしれないけれど、そもそも彼に身分が必要なのかしら？　財産も権力ももう充分だし、宰相になるにしても……」

「彼は歴史上初めて平民の身分での宰相になる、とまで言われているわね」

「でしょう？」

そこまでの実力がある人が、どうして古臭い慣例に倣おうとするのか。

考えれば考えるだけ、答えから遠ざかって見つからない気がして、リリーシアはもうずっと不安と困惑でどうにかなりそうなのだ。

ヘザーはそんなリリーシアをまじまじと見て、それからふっと笑った。

「どうしてそこで、理由がわからないのかが、私にはわからないのだけど」

「――えっ？」

期待と不安が混ざったリリーシアが答えを求めてヘザーを見ると、彼女はとても可哀相で可愛いものを見るような、最初と同じ複雑な笑みになって答えてくれた。

「――弱み、なんでしょう？」

「――弱みが、わかるの？　彼の？」

「誰が聞いてもわかると思うけど……リリーシア、あなただもの」

「何が？」

ヘザーの言っている意味がわからず目を瞬かせると、一層深く笑った。

「クレイン補佐官の弱みは、あなたよ」

「――――はぇ？」

また間抜けな返事になっていた。

「クレイン補佐官は、あなたが好きなの」

「――――はぇぇぇ？」

ヘザーの言葉の意味が、リリーシアはすぐに理解できなかった。

おかしな声を発しただけで、リリーシアにはまともに頭を働かすこともできなくなっていた。

それほど、ヘザーの出した答えは想定外だったからだ。


それから二日後、本格的な社交シーズンに入った。

社交界の皮切りは、いつも宮殿が主催する舞踏会だ。

デュークは、それに一緒に出てほしいと、リリーシアに頼んできた。

突然の求婚から、おかしな契約を結んで、ちょうど一ヶ月が経とうとしていた。

賭けの期限を、迎えていたのだ。

8

キングスコート侯爵家の屋敷は、広大な敷地を含めて美しくよみがえった。

誰が訪れても問題なく受け入れられるほど整えられているし、仕事の早い使用人たちのおかげで、どんな事態にも対応できるだろう。

屋敷は時代を感じさせる威厳を持ちながらも、人の手をかけてあるだけ居心地のいい内装になっている。食堂や広間も充分な広さがあって、いつでも夜会を始められるくらいだ。大広間のシャンデリアは屋敷で一番大きくて、蠟燭のすべてに火を灯(とも)せばとても美しく輝くだろう。

廊下の模様ひとつとっても、カビや剝(は)げていたり欠けていたりするところはない。

リリーシアは、この屋敷は本当に美しかったのだな、と改めて実感した。

それを何百年も、朽ちるに任せていた歴代の当主たちは、貴族としての誇りをどこかへ捨てたのだろうか、と呆れもする。

しかし人の気持ちに沿うことに長(た)けていた当主たちのおかげでその恩返しを受けられ、没落することもなくこうしてよみがえることもできた。

貴族として、何が正解だったのか、リリーシアには答えが出せないままだ。そんなリリーシアは、貴族として相応しくないのかもしれない。すっかり貧乏が染みついて、少ないお金でどうやって暮らすかを考える方が得意なのだから。

もしこれから、貴族の責務を全うしなさい、と言われたらどうするのか——考えても、できるだけのことをするしかない、と思うだけだった。

貧しくなろうが、裕福になろうが、リリーシアはリリーシアで、キングスコート侯爵家の人間は貴族としてのプライドを護るよりも、その時に大事なものを護る方を優先するだろうからだ。

「リリーシアお嬢様、準備をいたしますよ」

「——わかったわ」

メイドに呼ばれて、リリーシアは部屋に戻る。

今日は時間をかけて、全身を磨く予定だった。

朝から風呂に入り、香油を使って全身をマッサージしてもらう。

爪の先まで整えて、髪を複雑に結い上げてもらう。いつの間にか揃っている新しいドレスは、青い生地の上にクリーム色の薄い生地とレースが重ねられていて、とても優美だ。

靴もドレスと揃いの色で、ダンスも難なく踊れそうなくらい履き心地がいい。

頬に薄く紅をさして、滴の形をした翡翠が両耳を飾る。そして開いた胸元にはそれより大きな翡翠の花が咲いた首飾りがかけられた。

「まぁ……リリーシアお嬢様、本当にお綺麗です」

メイドのひとりが感嘆し、他の者たちも同意とばかりに頷いてくれる。

リリーシアは鏡に映った自分を見て、本当に綺麗にしてもらった、と思った。

自分の力ではこうはならない。

すべては、デュークが力を尽くしてくれた結果だった。

デュークの手で自信をつけられたリリーシアは、デュークの隣に並んでもまごつくことはもうない。

支度ができたと、玄関ホールに下りていくと、そこには家族が待っていてくれた。

一緒に舞踏会に向かう両親と、見送りの弟妹。家族同然の老夫婦と、新しい使用人たち。

そして、リリーシアをエスコートしてくれるデュークが淡い色の燕尾服を着てリリーシアを見つめていた。

とても嬉しいものを見た時のように、顔を綻ばせている。

「姉様！　すごく綺麗だね！」

「お姫様だわ、姉様！」

元気な弟妹が、心から褒めてくれることが嬉しい。

「ありがとう、ニコラス、ジュリア。お留守番よろしくね」

「留守番なんてつまんなーい」

「私も早く舞踏会に行きたいわ！」

素直で正直なふたりに、やはり笑ってしまう。

両親と顔を合わせると、先に玄関へ向かった。馬車が違うのだ。

両親は両親の馬車で、リリーシアはデュークとふたりで向かう。

馬車が動き出してから、デュークは遠慮もなくリリーシアの手を取って自分の唇を押し当てる。

「リリーシア様、今日は一段とお美しいですね」

「……っ、あ、ありがとう」

そう言うデュークも夜会用の衣装がよく似合っている。いつもの上級政務官の制服も誂えたように似合っているが、たまにしか着ない礼服もデュークのためだけに作られたかのようで、今日同じ色の礼服を着ている者は霞んでしまうのではなかろうか。

けれど自然に取られた手までが熱いリリーシアは、心の中の賛辞を口にすることができなかった。

「やはり瞳の色と同じですね。この色にして正解でした。とてもよくお似合いです」

リリーシアが今日着けている首飾りは、トップに輝く花の形をした翡翠が華やかで、吊り下げる留め具にも細かな模様が埋め込まれている。もちろん以前のとは違う新しいもので、値段を聞くのが恐ろしいと思ってしまうのは、まだ貧乏貴族の気分が抜けていないからだろう。

「けれど失敗もいたしました……」

「え、なんです？」

リリーシアが顔を上げると、綺麗な眉根を寄せるデュークの視線が胸元に集中していた。

「よくお似合いですが、皆の視線をここに集めてしまいます……これは私のなのですが」

「これは私のです!?」

デュークの示すものが、宝飾ではなくドレスから覗く盛り上がった丸みだとわかって、慌てて手で隠す。

「リリーシア様には、代わりに私の胸をお貸しいたしますよ」

「借りられるものでもないですよね!?」

両手を広げて、どうぞと構えられてもリリーシアがそこに飛び込むことはできない。

わかっているだろうに、デュークはこんな時でもリリーシアをからかって笑う。ただそれが、本当に冗談なのか判別できずにリリーシアはよく騙されてしまうのだ。

なのですべての軽口を躱すことでしか、冷静さを保てない。冷静でいるのも難しいのに。

ただ、リリーシアがどんな反応を返そうとも、デュークはいつも楽しそうだった。

リリーシアと一緒にいることが、何より嬉しいと言わんばかりだ。

そのうちに、馬車は宮殿へと着いたようで順番に南門から皆が降りていく。

リリーシアたちの番になった時、デュークが先に出る段になって、小さく呟いた。

「――今日は、期日ですが……私の弱みを見つけられましたか？」

「――――」

小さな声だったけれど、リリーシアには届いた。

外に出て、リリーシアに手を伸ばして待つ姿は、紳士そのものだ。リリーシアはドレスの裾を持ち上げながら、踏み台に足を下ろして差し出された手に自分の手を重ねる。

そして同じくらいの小さな声で答えた。

「……見つけた、と、思います」

「…………」

珍しく、デュークが何も返さなかった。

そのまま人の流れに乗って、宮殿でも一番大きな広間に向かう。そこが舞踏会の会場で、リリーシアが訪れるのは二度目となる場所だった。

ここは、社交界デビューをした広間だったのだ。

シーズン最初の舞踏会は、通常とは違って希望した者が参加できる。名前を呼ばれて広間に入ることはなく、舞踏会と銘打っていながら、人が多いため踊れるとはあまり皆思っていない。

ただ、新しい社交シーズンの最初の顔合わせに来ているようなものなのだ。

今年は誰が参加しているのか、知り合いから新しい者たちまでを確かめる場所でもある。

そしてヘザーが言っていたように、今年の社交界の注目はデビュタントたちではなく、婚約したと噂されながら公の場にふたりで揃って現れない第一宰相補佐官と、深窓の令嬢と言われているキングスコート侯爵令嬢についての真偽だろう。

広間には溢れんばかりの人がいるのに、リリーシアとデュークが連れ立って入った時、名前も呼ばれていないのに視線を集めたことは、リリーシア自身がよくわかった。

「……注目、されていますね」

「リリーシア様の美しさは視線を集めて当然だと思いますよ」

「…………」

さらりと息をするようにお世辞を言うデュークも、ここまでくると大したものだと思う。

それでも言われれば嬉しくなるのは、リリーシアの気持ちが変化しているせいかもしれない。

頬が熱くなるのを誤魔化すために、デュークの腕をぎゅう、と力を入れて握ってしまった。

それに気づいたデュークが、目を瞬かせた後で、にこりと笑う。

まるで、リリーシアの胸の内などすべてお見通しのような態度が、憎たらしい。

「……こんなに人がいては、今日は踊れませんね」

「最初の舞踏会は、ほとんど挨拶のためですから……食事をする間もあまりないので、皆飲み物を飲むくらいなんですよ」

「そうなんですか……」

デビュタントの時以来、舞踏会に足を踏み入れたことのないリリーシアには驚くばかりだった。

「まずは、トレーエル閣下に挨拶をしたいのですが……よろしいですか？」

「もちろんです」

デュークの上司だ。

「今日は重要な方たちへの挨拶が優先されます」

「決まっているんですか？」

「法で定められているのではなく……慣例でしょうか。皆、そういった例には倣ってしまうもののようです」

私も型にはまった人間ですので、と苦笑するデュークに、リリーシアはそれはない、と心の中で否定しておいた。

まず貴族たちの交流の場なのでこの場に王族が姿を見せることはないらしい。

人を避けて通ればどうにか歩けるほどの混みようだ。リリーシアは両親がどこにいるのかすらわからなかったけれど、ここから人を探し出すのも難しいのでは、と迷子にならないようデュークの手をしっかりと摑んでいた。

デュークはあまり探さぬうちに、相手を見つけたようだった。リリーシアにも見てわかった。ひときわ大きな人だかりの中心にいるのが目的の宰相であるトレーエルなのだ。

挨拶も順番待ちなのでは、とリリーシアが思ったところで、トレーエルとの間にあった人の壁がさっと開いた。その向こうに宰相と家族らしき人が見える。

どうして人が避けたのだろう、とリリーシアが不思議に思っていたが、デュークがその通りやすくなった場所を当然のようにして歩くから、なるほど、とリリーシアも理解してしまった。デュークのために道を開けたのだ。

宰相の第一補佐官というのは、この集団の中にあっても上位に位置するらしい。

純粋にすごいと思いつつも、さらに目立ってしまっていることに緊張しながらデュークとともにトレーエルの前に出た。

「閣下、ご紹介をさせてください」

デュークがそう言って宰相であるマイル・トレーエルに引き合わせるのは、リリーシア以外にいない。

これが本当に、初めて公式にデュークと並んで誰かに紹介してもらう瞬間だった。

トレーエルの視線がすぐにリリーシアに向いて、一瞬で上から下までチェックされたのがわかる。リリーシアは身体が硬くなりつつあったものの、どうにか挨拶を、覚えているマナーを、と必死で右手をそっと差し出す。

「キングスコート侯爵家のリリーシア様です」

「初めまして、リリーシアです」

デュークの紹介に合わせて、リリーシアの手を取って指先に軽く口づける仕草をしたトレーエルはすぐに手を離し、頷くように言った。

「初めまして、リリーシア殿。あなたのことはクレインよりよく伺っておりました」

「まぁ……よい噂だといいのですが」

「クレインがあなたのことを悪く言うのを聞いたことはないですな」

社交辞令というのは、リリーシアには緊張するものだが、トレーエルは堅苦しい雰囲気を出さないでいてくれているのがわかって、ほっとする。

宰相トレーエルと言えば、社交界にも政にも疎いリリーシアでも知っている、王国のブレーンだ。老齢に入っているはずだが、姿勢や仕草に衰えたところは見えず、髪に白いものが交じっているのと年齢を重ねた顔は落ち着きと貫禄を見せていた。

「これは、ご無沙汰しております。エリノア様」

トレーエルと挨拶をしていたリリーシアの横で、デュークもトレーエルの連れと挨拶を交わしていた。

リリーシアが改めて見ると、まだデビュタントを迎えたばかりのような、初々しい少女が頬を染めてデュークを見つめていた。

あれ、と思ったのは、その視線があまりに熱を帯びていたからだが、デュークの態度は他の貴族たちに対するものと変わらない礼儀正しいものだ。

「デューク様……ご婚約をされたというのは、本当でしたの？」

エリノア様、とデュークに呼ばれた少女は動揺を隠しきれない様子でちらりとリリーシアを見る。

デュークは隠す必要もないと、リリーシアを紹介した。

「ええ、こちらの女性がリリーシア様、私の唯一の翡翠の花の姫です」

その紹介はなんなの？　とリリーシアが驚いていたのに、デュークは平然と笑ってリリーシアの腰に手を回し引き寄せた。まるで見せつけているようだ。

「リリーシア様、あちらはトレーエル閣下のお孫様のエリノア様です」

「初めまして、エリノア様——」

「——そんな！　ひどい……！」

貴族同士の付き合いをほとんどしたことのないリリーシアには、少女のような子の相手も初めてで畏(かしこ)まったものの、すぐに涙交じりの声に遮られて動きを止める。

「デューク様、ひどい。私のデビューを待っていてくださったのではないの⁉」

非難交じりの言葉をぶつけられたデュークは、いつもと態度が変わらない。

リリーシアはその言葉だけで、エリノアがデュークに対しどういう感情を持っているのか察したが、リリーシアよりも前にそれを知っていたふうであるデュークは平然としていた。

「エリノア、落ち着きなさい。そのような態度をするのなら、連れてこないと言ったはずだが」

「でもお祖父様！　デューク様はお祖父様の後を継いで宰相になられるのに……それに相応しい妻を迎える必要があるから、私を待ってくださってるんだって、楽しみにしてたのに……！」

そうなの……!?

リリーシアはエリノアの言葉に目を瞠る。

「キングスコート侯爵家より、トレーエル侯爵家の方が格上だし、私の方がデューク様に相応しいはずです！」

デュークが結婚を考えているのは、宰相になるため。

リリーシアもそう思っていた。

そのために、貴族になるためにできるだけ地位の高い令嬢を求めている、と言われリリーシアが選ばれたはずだった。

けれど目の前で傷ついたように泣きながら震える少女を見て、リリーシアも眉根を寄せた。

エリノア・トレーエル侯爵令嬢。おそらく今年のデビュタントなのだろう。まだ少女と言ってもいい幼さと可憐さを持ち、高位貴族で困窮とはほど遠い宰相の娘だ。

デュークの言う条件ならば、結婚相手はリリーシアではなく、このエリノアの方が誂え向きであるはずだ。何より、困窮していたキングスコート家に援助も支援もしなくていい。余計な出費もなく、社交もろくにしていないリリーシアよりエリノアの方がこの先よほど役に立つだろう。

どうして、とリリーシアも訊きたかった。

正直なところ、王国の貴族や上流社会の人間が集まるこの場所で、不用意に目立ってしまっていることに居心地の悪さを感じてはいるのだが、リリーシアより上位の令嬢が声を上げているのだ。リリーシアにどうにかできるはずがない。

周囲は、何やら面白いことが始まった、とばかりの視線を隠さない。噂好きの社交界にまたタネを撒いてしまったのかも、と思うと逃げ出したくもある。

けれどリリーシアの腰を抱いてびくとも動かない、強い腕が、デュークの存在がそれを許さないでいた。

「——閣下」

「——すまない。取り乱さない、という約束だったんだが」

デュークは自分を主張するエリノアではなく、保護者のようなトレーエルに視線を向けると、彼にも予想外だったのか皺のある額に手を当ててため息をついていた。

どうやらこのふたりには、エリノアが取り乱す予想はあったようだ。リリーシアはデュークをそっと見上げると、その視線はエリノアに向かっていた。

「エリノア様」

「デューク様！　私――」

「これまで私がどなたとも結婚をしなかったのは、誰かを待っていたためではありません。私が彼女に相応しい地位に上りつめていなかったからです」

「――え？」

エリノアが驚いたように声を止めるが、リリーシアも同じ気持ちでデュークを見た。

「まず、求婚するに相応しい地位、権力、財力を持つこと――それが私の目的であり、最重要事項でした。彼女に相応しい人間になる。そのために、平民でしかない私は努力をするしかありませんでした。そしてついに、望むものを手に入れたと思っているんです」

それは、どういう意味だろう――

リリーシアはエリノアより、デュークの言葉に深く考えてしまった。

エリノアは泣きながらデュークに縋ろうとしている。

「そ、それは、私のためではなくて……？」

震えながら伸ばされた細い手を一瞥するけれど、デュークは仕事をしている時と同じ笑みを浮かべて言った。

「私が、どなたの隣にいるかその涙に濡れた目では見えていらっしゃらないのでしょうか？」

「――っ」

エリノアが、この日初めてまっすぐに、リリーシアを見た。

リリーシアはデュークに抱き寄せられながら、驚きに身体が固まっていた。

まさか、とリリーシアの思考に一度消したはずの期待が生まれていた。ヘザーと話して、デュークの気持ちが形を取った気がしたものの、過ぎる期待は怖いとそれを押し込めていた。

でも、とリリーシアもデュークのジャケットを皺になるのも考えずぎゅっと握ってしまった。

それに気づいたデュークが、仕事用ではない、キングスコート家で、リリーシアの前でよくする、相手を甘やかすような顔で笑った。

「――エリノア、このような場所で子供のように泣きわめくなど。お前にはまだデビュタントは早かったようだな……クレイン、今日は引き上げる。リリーシア殿にも迷惑をかけた。後日改めて謝罪の席を設けたい」

「別に構いません。閣下が部下と同じようにご家族も厳しくしつけてくださると期待しておりますので」

「お前はまた……まぁいい、今日はこちらが悪い。エリノア、帰るぞ」

「お祖父様、でも……っ」

トレーエルは孫を甘やかすつもりはないのか、まだデュークを諦める様子のないエリノアを促して出口に向かっていった。

当然のことながら、この状況を見ていた者たちが行く手を遮るはずがない。

デュークは視界から彼らが消えると気にもならなくなったとリリーシアに笑う。

「目立ってしまいましたね。移動しましょう」

今更……！

今気づいたわけではないだろうに、この状況をなんでもないことのように振る舞うデュークにリリーシアは、呆れながらも胆力がそもそも違うのだと感心してしまった。

こんなところで人の噂になるような一幕を見せていても微動だにしないところが、デュークを第一宰相補佐官たらしめているのかもしれない。

移動して人の波にまた紛れるようになると、周囲の視線が見世物を見るようなものとは変わっているように感じた。

これだけの人出なのだ。一ヶ所で賑やかにしていても、移動してしまえばわからなくなるのかもしれない。ただ、人の口には上っているのだろう、というのは覚悟しておかなければならない。

リリーシアはデュークをそっと見て、本当に平民なのだろうか、と何度も疑ったことを改めて思い出す。

それくらい整った顔と、堂々とした態度。それに揺るぎない地位は彼が結婚していなくても貴族などよりよほど権力があると知らしめているはずだ。

そう思うと、どうして貴族になりたいのか、結婚が必要なのか、という何度も考えている問題に戻ってくる。

デュークは人にぶつからないように器用にリリーシアをリードしながら歩き、不意に足を止めた。

「——ここです」

「えっ？」

何か言われていただろうか、と思考に没頭していたリリーシアは周囲を見渡すと、壁に近い広間の端は人がまばらで、さっきよりも動きやすかった。

デュークの視線の先を追うと、バルコニーに続く窓と働いている従僕の制服を着た青年の姿がある。

「私はあの頃、まだただの従僕でした」

「——デューク様が、ですか？」

王立学院を歴代最高の成績で卒業したデュークは、すぐに宰相省で頭角を現し第一補佐官になったのだと思っていた。

デュークは苦笑しながら首を振る。

「学院を出た私は、仕事というものにあまり興味がなかったのです。仕事を押しつけられるのも嫌で、どこの部署に誘われてものらりくらりと躱して気楽に従僕をしていましたね――懐かしい」

それは、今のデュークからは想像もできない姿だった。

リリーシアは広間にも幾人かいる、舞踏会の手伝いで働いている従僕を見て、お仕着せの制服とデュークを重ねてみる。しかしここにいる従僕たちのように働くデュークが想像できなかった。

「ちょうど四年前です。私がその年のデビュタントの舞踏会に駆り出されて、適当な仕事をしながらふらふらと会場を移動していると、ひとりの女性があのバルコニーに向かっていました」

デュークはなんの話をしているのだろう、と思っていたが、リリーシアも思い出していた。

四年前。

その年にデビューしたリリーシアは、母のお下がりのドレスをどうにか見られるように手を入れて直し、しかし華やかな舞踏会には相応しくないと悪目立ちをするのを避けて、ひとりで逃げるようにバルコニーから外に出ていた。

「バルコニーは危険なのですよ」

「……え？」

「あのように、カーテンで隠れていますし、外が暗いと余計に見えなくなりますから」

デュークが示す通り、会場が明るいおかげで外は暗く、硝子の戸が鏡のようになって外に誰がいてもよくわからないだろう。

「そんなところに女性がひとりで出ていくなど、どうぞ襲ってくださいと言っているようなものです」

「そ……そうなんですか？」

リリーシアは自分がしたことを思い出し、改めて狼狽える。

もしかして、四年前にひとりだったのは、呑気に考えていたけれど一歩間違えれば危なかったのかも、と気づいたのだ。

「四年前のあの日、私はここから彼女を見て、危ないと思いました。実際、幾人かの素行の悪そうな者が貴方を狙っていましたし……私はすぐに、彼女を護らなければ、と動きました」

「……デューク様？」

いったいなんの話だろう、とリリーシアが首を傾げても、デュークは過去を思い出しているのか淡々と語る。

「私は誰も通さないように、バルコニーの前に立って警戒しました。まだ従僕でしたから、貴族の方たちに命令されれば移動しなければならなかったのでしょうが――私は絶対に動かない、と決めました。そして同時に、彼らに抗うには、対抗するには、力が必要だと思ったのです」

これは、ただの昔話ではないのだろう。

リリーシアは真剣に耳を傾けていた。その望みを、デュークは欲しかった力を今は手に入れている。平民だという身分を考えれば、その努力はとても簡単ではなかったとリリーシアは改めて気づいた。

王立学院を出ても、優秀であっても、生まれ持った平民という身分が貴族という権力に簡単に負けてしまうのは、リリーシアでも知っていた。

今のデュークが、それを覆すほどの努力をしていないなどと、生まれた時から貴族のような態度だったなどと、彼を笑ったりはできない。

仕事に真面目なデュークは、本当に一途な気持ちで今の地位にいるのだと思うとリリーシアは胸が熱くなった。

「ふとバルコニーを見ると、ひとりで出ていった女性が、クルクルと回っていました」

「――え」

「まるで、妖精が踊っているようでした……私はその姿に見惚れ、この世にこんなに美しい光景があるだろうか、と。そしてそれを私は見続けたい――他の誰にも渡したくないと考えたのです」

「……あの、まさか」

リリーシアはここに来てようやく、デュークの言っている女性が誰だったのかに気づく。

他の誰でもない。

リリーシアは、誰にも相手にしてもらえない寂しさを埋めるように、あの日、デビュタントだというのにひとりで踊った。

それは、この場所だっただろうか？

リリーシアの記憶は曖昧だったが、ひとりでバルコニーで踊ったのは確かだ。

デュークは今に戻ってきたような真面目な顔でリリーシアに向き直った。

「あの日、あの時、私は絶対に彼女を手に入れたいと望みました。そのためなら、どんなことでもやってのけるつもりで——力を欲して、そして手に入れました。彼女に手を伸ばせる地位と権力——そのためだけに、私は生きてきたのです」

「…………、」

こくり、と喉が鳴ったのは、緊張のせいかもしれない。

リリーシアはあまりに真剣なデュークの視線に縛られて、指先すら動かせなかった。

彼は、何を言っているのか——

もしかして。まさか、とまとまらない思考がぐるぐると回って、リリーシアを混乱させている。

けれど一番混乱させているのは、平凡な茶色い瞳があまりに強い感情を持ってリリーシアを見ていることだ。

「私はあの夜から……妖精のようなあの人に、囚われているのでしょう」

デュークの真剣な言葉はもちろんだが、彼の行動にリリーシアは固まっていた身体が動揺に揺れたのをはっきりと感じた。

デュークが、リリーシアを前に片膝をつき、その手を伸ばしてきたからだ。

その格好はまるで——

「私の美しい妖精、誰よりも愛らしい翡翠の花の姫——リリーシア様。どうか私と結婚してください」

ざわり、と周囲がざわめいているのを、どこか違うところで意識していた。

こんな会場の端でも、誰より目立つ第一宰相補佐官のデュークだ。常に視線は感じていたのに、さらに突然始まった求愛の行動に、誰もが驚いていた。

だがもちろん、リリーシアがもっとも驚いていた。

驚いた後で、混乱と恥ずかしさに震えてしまいそうだったけれど、差し伸べられたその手を取らないという選択肢は、リリーシアにはない。

「——はい」

小さく、リリーシアが答えたところで、さらに舞踏会の会場中がどよめいた気がしたが、リリーシアにはもうデュークしか見えていなかった。

いや、デュークしか見ないことで、意識を周囲から切り離したかったのだ。

そうでもしないと、この場で立っていることなど無理だっただろう。

＊

祝福と嘆きの叫びが混ざった舞踏会の会場から、どうやって帰ったのかリリーシアの記憶は曖昧だ。ただ、始終デュークはしっかりとしていて、彼と一緒なら安全だろう、と呑気に考えていた。

ふわふわと揺れるな、と思った時、リリーシアは自分がキングスコート家の屋敷に戻っていると気づいたのだ。

「──あ、あれ？」

「もうすぐ部屋です。メイドに用意をさせていますので」

「あ、いえ、あの……っ」

「侯爵たちは後からご帰宅されるそうです」

「そ、そうではなく」

状況を説明してもらっているのだが、リリーシアが気にしているのはそこではない。リリーシアは自分で歩いているのではなく、デュークに抱きかかえられて部屋に向かっているようなのだ。

どうりでふわふわしていると……

ぼうっとしていた自分が悪いのだろうが、はっきりと意識を取り戻した今となってはこの状態が気まずくてならない。

「ニコラス様もジュリア様も、もう休んだそうです」

「そ、そうですか……」

すでにこの屋敷の執事としての立場を確立しているイーデンから報告を受けたのだろうか。もしそうならこの状態をイーデンにも見られたことになる。

リリーシアは顔を赤くするよりも狼狽えたものの、デュークの足取りは淀みなく、ドレスを着たリリーシアを抱えているというのに疲れも見せずに二階の客間――ふたりで使っている部屋に向かっていた。

リリーシアが身を捩っても安定しているのは、デュークが予想以上にしっかりしているからなのだろう。

政務官――文官であるはずなのに、弱々しい印象はまったくない。いつも姿勢がよく、立ち姿の美しさには見ている方も背筋を伸ばしてしまうくらいだ。

「あ、あの、デューク様は鍛えていらっしゃるんですか？」

デュークはリリーシアに顔を向けて、珍しく目を丸くしてから笑った。

「それは、今訊くことでしょうか？」

「あ――えっと」

リリーシア自身も、何を訊いているのか、と自分に呆れて今度こそ頬が熱くなる。

「騎士の方ほど鍛えているわけではありませんが、執務官もある程度は体力が必要なんです。それにトレーエル閣下を見てもわかるかと思いますが、鍛えておかないと年を重ねてからが違いますので」

デュークの説明に、健康にも気を遣っているのかな、とリリーシアが感心したところで、いたずらをしたように目を細めて顔を覗き込んでくる。

「――このように、貴方を抱き上げることもできますし」

「――――！」

リリーシアは安定して抱き上げられていることを思い出し、やっぱり降りよう、と身体をのけ反らせたところで、デュークが足を止めた。

「おかえりなさいませ」

部屋の前で待っていたメイドが扉を開けてくれた。

デュークは部屋に入りながら、「しばらく勝手にしますので」と伝えると、メイドも了解したと頷いて扉を閉めた。

勝手にする？　とリリーシアが首を傾げてデュークの言葉の意味を考えていると、ようやくデュークは降ろしてくれた。しかしそこは寝室で、リリーシアは違う意味で緊張した。

「リリーシア様」

「――はいっ」

改めて呼ばれると、一気に緊張してリリーシアは思わず姿勢を正す。

デュークはリリーシアの前に片膝をつき、見上げた。

「デュ、デューク様……」

どうしてここでそんなことを、と狼狽えたリリーシアの手を、優しく取られた。

「リリーシア様、私の求婚を……受けてくださいますか？」

「――えっ」

改まって訊かれると、まだ記憶に新しい宮殿の広間での言葉を思い出し、顔が熱くなる。

「ど、どうして今更……」

「私の求婚は、自分勝手なものでした……最初から。リリーシア様の窮状につけ込み、リリーシア様を断れない状況に追い込みました」

勝手をしているという自覚があったのか、とリリーシアは思ったものの、そういえば彼がしたことで心底追いつめられたことはないな、と思い出した。

気づけばいろんなことが進行していて、自分の屋敷だというのにすべてが新しくなったキングスコート家は、もはやデュークのもののようだ。

リリーシアは気にしていたのか、と思うと首を横に振っていた。

「デューク様がしてくれたことには……感謝しかありません。うちは本当に、困っていたのですから。どうにかその日暮らしをしていた状況で……あのままなら、ニコラスに引き継げることなく、家がなくなっていたかもしれません」

それにデュークがしてくれたことには、家族全員が喜んでいる。

彼にどんな思惑があったとしても、リリーシアは助けられているのだ。反対に、こちらが条件を出されてもおかしくない状況だったはずだ。

なのにおかしな契約までして、まるで彼は、どうにかしてリリーシアを助けようとしたがっているようにしか見えなかった。

デュークがそんなことをする理由がわからなくて、リリーシアも抗うようにデュークの弱みなんて探してみたものの、わかったのはどれだけデュークができた人かということだ。

「いいんです。できればご家族によい印象を持ってもらおうと――姑息（こそく）とは知りつつも、手段を選んでいて後悔するよりはと力任せにいたしました」

その力とは、デュークの持つ権力であり、財力のことだ。

リリーシアは、その力を求めた理由を知ってしまった。

彼の求婚が本当なら、欲しいもののために、彼は必死で努力したのだ。

「でも、ちょっと……その、やりすぎとは思いませんか……？」

「やりすぎ、とは？　どこか気に入らないところでもございましたか？」

やりすぎと言っているのに、どうしてさらに何かをしようとするのか。

リリーシアとは基本的に感覚が違うのかもしれない、と頭を抱えたかったが、言わなければ通じないのなら、と示すことにした。

「この屋敷のことです」

「ええ、どこも以前と同じように修復しているはずですが」

「以前と――それはいつのことです!?　まさかあるとは知らなかった温室まで直してしまうなんて……その、もう充分修復してあると思うんです。だからこれ以上は何も……」

そう言ったのは、広い敷地の中ではなんの作業をしているのか職人が働いているからだ。イーデンに確かめても、「問題なく進んでおります」としか答えないし、両親も「こうなればとことんお願いして、この屋敷が本来はどんな姿なのか見てみたい」とまで言い出している。

すでに急な客が来てももてなせるし、庭を案内しても過不足はない。

これ以上何をしているのか、とリリーシアはデュークの力を、こんなことに使ってもらうのは、とすでに気が引けていた。

けれどデュークはリリーシアの気持ちを受け取っておきながらにこやかに答えた。

「ええ、残すは一ヶ所だけですし、問題なく進んでおります。誰よりも美しい翡翠の姫は、最上のものに囲まれているのが相応しいと思います」

「…………」

どういう意味だろう、とリリーシアが言葉を理解できないのは、無理もないはずだ。

耳まで熱くなるのは、とりあえず褒めてもらっている、とわかったからだ。しかしリリーシアを見て、そこまで褒めてくるデュークはもしかして美的感覚がおかしいのだろうか、と心配になる。あまりに自分が整っているものだから、他人を見る時の美醜が人とは違うのかもしれない。

「えっと……その、お言葉は、嬉しいんですが、私はあまりそこまで言ってもらえる顔ではないことは自覚していますので」

むしろ過剰すぎてこそばゆくなる。ジュリアなら、月の女神と言われてもおかしくない美人に育つだろうが、リリーシアは自分を知っている。過剰に褒められるとからかわれているのか、と思ってしまうくらいだ。

しかしデュークは違った。

リリーシアの言葉に顔を顰め、全力で説明し始めた。

「まさか！　リリーシア様、貴方が美しくないと言ってしまうとこの世界に女神は存在しませんよ。もしかして、と思っていましたが、貴方はどうやらご自分の美貌や優しさ、価値をご存じないようですね。私が知っているだけでもお教えいたしますと、まず貴方の声は透き通るように美しく耳に心地よく、いつまでも聞いていたくなります。貴方の肌はとても瑞々しくなめらかで、一度触れれば二度と離せなくなるくらいの触り心地です。その指先で触れられただけで私は舞い上がってしまうでしょう。琥珀の髪はとても柔らかくシルクのような、いいえ、シルクよりも上質ですね。月の灯りを受けて輝く様はこの地に妖精が舞い降りたのだろうかと感動いたしました。ひとりで踊っていたあの日、私は許されるならすぐにでもその足下に跪きたかったくらいです。そして翡翠をはめ込んだような瞳は――」

「ま、待って、待ってもういい、充分です！」

「――そうですか？」

流れるように続く賛辞は本当に自分のことなのかと疑いたくなるが、真剣に語るデュークに嘘は見られない。もし彼が嘘をついているというのなら、稀代の詐欺師になれるはずだ。

途中聞き逃してしまうほどの情報量だった気がするが、リリーシアとしては自分が好きではないところも好ましく思ってもらえているというだけでも顔が熱くなる。まだ言い足りないんですが、と言うデュークに、これ以上は必要ないと頼んでやめてもらった。

充分に、デュークの気持ちは伝わった。

デュークがどうやら――リリーシアを想っているようだ、と。この期に及んでリリーシアも信じないわけにはいかない。

彼の基準はよくわからないけれど、想いを否定するつもりはない。

「デューク様の気持ちは、充分伝わってきましたし……えっと、そもそも、そこまでする必要もないです、ということが言いたかっただけで……」

「そうでしょうか？　まだ私は……」

「いえ、あの……もう、えっと……」

リリーシアは自分の言いたいことを、言葉を探して、どう言ったら今この胸を熱くして心臓をうるさくする気持ちを表せられるのか、必死に頭を働かせる。

しかし、どう頑張ってもデュークより頭の回転が速くなるはずもなく、いい言葉などそう思い浮かばない。

それでも、言って伝えたい、と思ったのはデュークが想いを伝えてくれたからだ。

「私はもう――あなたの気持ちで、いっぱいになったんです」

「リリーシア様？」

「デューク様から、新しく何かを与えてもらわなくても、もう私の心の中は、デューク様でいっぱいなんです。もし、私の家族や屋敷を助けることが、私への気持ちの代わりだとしたら、もう充分だと――……デューク様？」

どうにか伝わってくれないかと必死に言葉を紡いでいると、デュークがリリーシアの両手を取ってその甲を自分の額に押し当てた。

恭しく気持ちを捧げているような仕草に、リリーシアの方が困惑する。

そもそも、彼の存在は出会った時からリリーシアをおかしくさせてばかりだったが。

「ありがとうございます……リリーシア様」

「……えっ？」

「私の気持ちを、受け入れてくださったんですね」

「それは………、はい」

躊躇ったものの、隠さず素直に頷いた。

デュークの表情は見えないけれど、声からだけでもどれだけ嬉しいのかわかるくらいで、リリーシアも同じように喜ばないではいられない。

デュークは一度、ぎゅっとリリーシアの手を強く握り、そしてすっと立ち上がった。

立てば、リリーシアが見上げるほどの長身で、その身体が間近にあると未だ慣れずにドキドキしてしまう。

「ではリリーシア様は、正式に私の婚約者だということですね」

「そ……そうなります、か」

どもってしまったのは、デュークがあまりにも自信満々だったからだ。

自信のないデュークなど想像できないが、全身で主張されると、その美しさにも慣れずにいるリリーシアは気後れするのだ。

「では、婚約者らしく――」

「え……っん」

デュークの腕が伸びて、リリーシアの背中を引き寄せると、顎を取って上に向けた。そこに落ちてくるのは、彼の唇だ。

何度か感じたデュークの唇はひんやりとしていて、触れるだけで気持ちがよかった。けれど今回の口づけは、触れるだけ、というにはあまりに執拗に感じた。

「ん……っ」

デュークは開いた唇でリリーシアのそれを含み、舌がくすぐるように唇を開こうとする。

これがなんなのか、リリーシアは恥ずかしくないわけではなかったけれど、何故か抗うことはなかった。

自ら口を開くと、するりとデュークの舌が潜り込んできて、リリーシアの口腔を撫でるように掻き回していく。

舐められている、と思うと頬が上気するが、顔の角度を変えて深く、より執拗に唇を求めてくるデュークを止めようという気が起きないから不思議だ。

デュークの与える口づけにいつしか夢中になって、必死で追いつこうとしていると身体が解放された気持ちになって、ほっと息を吐き出した。

その呼吸を合図に、デュークが唇を解放してくれる。

目を閉じてしまっていたのだと、開いてからわかった。視界に整ったデュークの顔が映り、びっくりして慄く(おののく)と、身体がずいぶん軽くなったと見下ろした。

「————!」

自分の姿を見て、冗談か、と目を見開く。

リリーシアのドレスは、輪になって足下に落ちていたのだ。つまりリリーシアは今コルセットと下着、それにガーターで止まっている絹の靴下しか着ていない。

「なん……っ!?」

慌てて自分を隠そうとして、その身体がまたふわりと浮き上がる。

「デューク様っ!?」

リリーシアが自分で脱いでいないのだから、デュークが脱がせたに違いない。しかしリリーシアが口づけに夢中になっている間に、背中の紐(ひも)と留め具を緩めてしまったというのだろうか。

いったいどれほど器用なのか——とちょっとずれたことを考えているうちに、リリーシアは寝台の上に座らせられていた。

「リリーシア様、まるで拷問です」

「えっ?」

何を、と少し怯えもあったリリーシアが抗議する前に、デュークは初めて見る、苦しげな顔をしていた。

拷問なんて、普通ではない言葉に何があったのか。

「これまでは、本当の婚約者ではないからと我慢に我慢を重ねていましたが……毎日貴方の柔らかい身体と芳しい香りに包まれて、これ以上の苦しみはないと、必死に耐えて……もうこれ以上の我慢は無理のようです」

「え……っと」

リリーシアはその告白に、これまでのデュークがここでしてきたことが去来して、まごついてしまう。

正直に言うと、リリーシアだけを弄んで好き勝手している、と心中で非難すらしていたのだ。

でもこの苦しそうなデュークが嘘を言っているようには見えず、我慢できないと言っている彼が何を求めているのか、考えるだけで身体が火照る。

「あ、の……」

「リリーシア様、私は自分の言ったことは守ります――結婚を前に、貴方の純潔を散らすようなことはいたしません」

「――」

では、何をしようというのか。

リリーシアは知りたかったけれど、声にはならなかった。

リリーシアを見下ろすデュークは、自分の服を手荒に剝いでいて、その荒々しさに息を呑んで覚悟を決めるほうが先だったからだ。

＊

「も、もう……っだ、だめ、です……っ」

この言葉は前にも言った気がする、とリリーシアはどこか冷静な部分で考えていた。

我慢できない、と言ったデュークは本当に遠慮しなかった。

自分の服は中途半端に身に着けた状態で、広い寝台の上で思わず後ずさったリリーシアを逃がさないとばかりに摑んで、熱を奪うように抱きしめたのだ。

その後は、もうデュークがリリーシアの身体で知らない場所はないくらいに手で、舌で、全身での愛撫を繰り返されて、コルセットが外されて胸が露になってもそれを隠す力もないくらい、リリーシアは蕩けていた。

これまでの愛撫など、まだ可愛らしいものだったと思わざるを得ないくらい、デュークは執拗に、リリーシアをおかしくさせた。

胸の柔らかさを確かめたのは、手のひらだけではない。硬くなってしまった乳首を、口づけするようにデュークは唇で、舌で味わい、それに腰が浮き上がるような感覚に陥って、リリーシアはこれはいったいなんなのだろう、と不安が首を擡げた。

デュークは言った。

純潔を散らすようなことはしない、と。

では今のこれは。自分の身体が、腰の下から抑えきれない何かが四肢に伸びて、落ち着かなくなって思わず脚をすり合わせた。

それにデュークが、まだ下着の残る足に手を伸ばして、薄い下着の上からリリーシアの中心を撫でようとする。

ここまでの時間も、ずいぶん長く感じた。

なのに終わる予感がいつまで経ってもしないのは、どうしてなのか。

リリーシアの身体だけが熱くなっているわけではない。

肌に触れるデュークの身体からも、熱を感じていた。いつもは冷静さを感じるその茶色の瞳も怖いくらいに真剣で、リリーシアを目で侵そうという気配すら感じる。

デュークはリリーシアの泣き声を含んだ声が聞こえているはずなのに、一層強く目を覗き込んで、口端を上げながらもう何度目になるのかわからない口づけをした。

「んん……っ」

リリーシアの口腔は舌の奥も歯の裏も、デュークの舌が触れていない場所はもはやない。上顎を舌先でくすぐって、リリーシアが震えるように反応するのを面白がっている気がする。それくらい、リリーシアのどこをどうしたらどんな反応を返すのか、デュークはひとつずつ探って試しては繰り返していた。

それなのに、すり合わせた脚の間にデュークの手が割り込んで、下着の上からすでに熱く濡れた場所をなぞる。

「んぅ……！　や、らめ……っ」

リリーシアは思わず頭をのけ反らせてデュークの口づけから逃れ、手で広い肩を押し返そうと精一杯の抵抗を試みる。

けれどそれが、意味のないものだとその目を見て知ってしまった。

デュークの真剣で、そして欲望に染められた瞳はリリーシアを求めている。

唇は解放されても、手はリリーシアの秘所を上下にくすぐり、次に強く撫でて薄い布一枚の向こうでぬるりと何かが溢れているのを確かめていた。

どうしてそこが濡れるのか。

こんなにも身体が熱くなっていると、デュークにまざまざと教えているようだった。

それがまた、羞恥心を煽る。

けれど恥ずかしいのに、リリーシアの身体は熱くなる一方で治まり方を知らず、救いをデユークに求めていた。

デュークの瞳はじっとリリーシアを見下ろしながら、その手は下着の上からだというのに的確に感じるところを捕らえる。指を伸ばしたり曲げたり、擦りつけたりと一瞬たりともじっとしていない。

「ふ、あ、あ、あっ」

もうおかしくなりそうだ。

いや、おかしくなる。

リリーシアは知らず零れそうな涙を堪えて、デュークの手を脚で強く挟み込みながら、縋るように彼のシャツを握りしめた。

「んふ、ぁ……っデュ、ク……っさまぁ」

「リリーシア様……我慢できませんか」

できるはずがない。

そして、デュークが手加減などしないと知っているから、恨めしい視線になってしまう。

「ん、ぅ……っも、もう、おね、が……っ」

何を強請るのか、リリーシア自身にもわかっていなかった。

愛撫というより甚振（いたぶ）られている気がするほど身体を熱くされているのに、満足させてもらえないもどかしさが全身を襲って、リリーシアはこれが治まるのならどうなっても構わないとデュークに縋った。

ふ、と息が聞こえるくらいの笑みが、耳に聞こえた気がした。

リリーシアが視線を上げて、そして上げたことを後悔した。

そこで見たのは、とても美しく、しかし凶暴さを隠さない獣のような妖しいデュークの微笑みだった。

「……リリーシア様、我慢をやめてもいいですか？」

まるで今まで我慢をしていなかったような口ぶりだった。

デュークはトラウザーズの前を寛げて、乱れているシャツを肩から落とした。仰向けになっていたリリーシアは、すぐにでも圧しかかってきそうな距離のデュークのその姿を、すべて見た。

自分とは違う、異性だということを目でしっかりと確認して、意識した。

はく、とリリーシアは息が上手くできず、口だけが何かを求めて動く。逃げ出すこともできずデュークが覆いかぶさってくるのを受け入れた。

「リリーシア様……」

耳元で、デュークの甘い声がする。

ぞくぞくとする何かを抑えるように、リリーシアは必死で堪えたのに、デュークがリリーシアの右脚の膝裏を抱えて持ち上げ、逞しい腰を下着の上から押しつけた。

「――っ」

何かが当たっている、と考えるだけで、リリーシアはどうにかなりそうだった。

「ああ……リリーシア様、この可愛らしい下着が、今はとても憎らしい……」

「ん、んん……っ」

そこに、デュークのものが押し当てられるのは二度目だった。なのにこんなにも恥ずかしくて、もどかしい。

デュークの身体が揺れると、組み敷かれたリリーシアの身体も一緒に揺れる。

身体中が擦れているが、リリーシアが唯一身に着けている下着の中が一番熱い。知らず、自分の脚を開いてデュークの身体を挟んでしまうくらい、この熱をどうにかしたくて縋った。

「デュ、ク、様……っ」

デュークの腰が、深く抉（えぐ）るように動いて、リリーシアは泣きそうになった。

実際、すすり泣いて広い背中に手を回す。デュークから離れたくなくて、必死に縋りついて揺さぶられるに任せた。

「ん、んっ、んん……っ」

「リリーシア様……ああ、もっと愛したい」

デュークの、乱れた呼吸と囁かれた言葉に、リリーシアはもっと、と感じた。

もっと、愛してほしい、と願ってしまった。

純潔なんて、失っても構わないと淫らに思ってしまうほど、リリーシアはデュークに愛されたかった。

どうしたら、それが伝わるのだろう。

我慢しない、と言ったデュークの砦を崩せるのか。

リリーシアは目尻にたまった涙を堪えることなく、デュークとの身体の間に手を伸ばして、そこに触れた。

「リリー……」

「……いや」

「リリーシア、様」

リリーシアは自分を弄るように蠢く、熱い性器に初めて触れた。手で確かめても、おかしな形だと思ったけれど、これが欲しいのだと、自覚した。

これでもっとおかしくなりたいと、願ってしまったのだ。

「いや、もう……我慢、しないでほしい」

これが欲しいの。

リリーシアの哀願は、はっきりと届いたようだった。

デュークの目つきが剣呑になったかと思うと、小さな下着の縁を押しのけるように襞を割り、潤った場所に深く潜り込んできた。

「あ、あ、あ……っ！」

「——っ」

息を詰めた、デュークの声が漏れた気がした。

けれどリリーシアはもっと苦しかった。

苦しいけれど、やめてほしいとは少しも思わない。むしろもっと欲しいと、これだけでは足りないと自分の脚をデュークの腰に絡めた。

「リリーシア、様っ」

「あ……っあぁぁあっ！」

痛みを感じたのは一瞬で、リリーシアは自分の中がデュークでいっぱいに埋まったことに満足していた。そしてこんなふうにして繋がる身体に不思議さも感じていた。

「デューク……様」

「ああ……少し待っていただけますか、リリーシア様……予定外のことで……これ以上、突き上げないように、調整を」

「……突き上げたら、どうなります、か？」

我慢など、しないでほしいのに。

リリーシアは、デュークのすべてが欲しいのだ。

冷静さなど、もう捨ててしまってほしかった。

身体の中はデュークでいっぱいで苦しいほどだったけれど、デュークがまだ我慢しているのなら満足するまで好きにしてほしかった。

デュークは据えた目でリリーシアを見下ろし、怒っているのかと一瞬身構えたものの、ぐっと強く揺さぶられたことで、そうではないとリリーシアも気づいた。

デュークは顔を顰めて一度目を閉じ、「貴方は、本当に恐ろしい人です……」と呟いた後で、乾いた唇を舐めた。

「では……本気で、愛させてもらいますよ、リリーシア様」

「……は、いっ」

思わず返事をした瞬間、デュークの表情が凶暴なものを含んで、リリーシアはやっと後悔というものを思い出した。

けれどもう、デュークは止まらないようだ。

リリーシアの下着に手を伸ばし、あっけないほどたやすくそれを破って、ふたりの間を阻むものをなくしたかと思うと、充分挿(はい)っていたと思っていた楔(くさび)をさらに深くまで突き上げる。

「あ、あぁっ」

「ああ、こんなに……貴方は、私をおかしくさせてしまう！」

デュークが感情のままに叫ぶのを初めて聞いた気がした。

そしてそれと同時に、最奥を突き上げられて、苦しくなった。

それで終わりでもない。

デュークは全身への愛撫も思い出したように手を弄らせ、唇で顔中に口づけを落とす。

「リリーシア様、リリーシア……っ」

「あ、あ、あ……っデューク様ぁっ」

自身とデュークとの境目がわからなくなるほど、強く繋がった気がした。

もはやどこに触れられても感じてしまっていたが、デュークが律動を速め、リリーシアの一番深いところで熱いものを弾けさせた、と感じた瞬間に、リリーシアは一瞬意識が飛んだ。

さらに自分も濡れた気がしたが、それを確かめる余裕などなかった。

デュークの熱い視線がリリーシアをまっすぐに射抜いていて、リリーシアはびくびく震えながらも、もっとそれが欲しいということしか考えられなかったのだ。

けれど身体の方が先に疲れ果てていて、リリーシアはデュークが何かを言って口を動かしているのを見たけれど、なんと言っているのか訊き返すことはできなかった。

温かいものに包まれながら、リリーシアは意識を手放し、眠りの淵に落ちていった。

デュークを手に入れて、身体がまるで満足したようだった。

そして気持ちも、とても充実していた。

こんな気持ちになるのなら、早く結婚を受け入れてしまえばよかったとすら思ったくらいだ。

けれど本当に、結婚式が三日後に執り行われるなんて、リリーシアはこの時はまったく想像もしていなかった。

終章

「……礼拝堂が」

リリーシアが完成したばかりの礼拝堂を見て、呟いた。

ステンドグラスの美しい礼拝堂だった。

この完成をもって、キングスコート侯爵家の修復作業はいったん決着を見た。一月と少し。意外にかからなかったな、とデュークは思った。

最初にこの広大な敷地を含む屋敷を見て、どこまで一ヶ月でできるだろうか、と業者と相談し合ったものだ。

王都は意外に狭く、多くの上流階級の者が住む貴族街も小さくまとまっている。身分の低い平民街は言わずもがな、だ。

その中で、塀に囲まれたキングスコート侯爵家は建国以来敷地を減らすことなく存続している。いや、領地や荘園など、資産はほとんど失ってしまっているのだから、屋敷だけでも残っているのが逆にすごいと言うべきかもしれない。

しかしこの屋敷は、言わば森のようだった。

おそらく使っているのは本棟の一部だけで、後は手をかける余裕もないのだろう。本棟と、使用人たちのための寮。それに客人が逗留するための離れ。それくらいは判別できるものの、放置された草木が伸びきって庭は森と化していた。

そして建物がそこに埋まって、廃墟のようだった。

これを元通りに、というデュークの指示は、無茶ぶりに慣れた業者も顔を顰めていたものだ。

しかし、始めてみれば森の中からいろんなものが出てくるので、彼らも修復するのが楽しくなったらしい。次々に建物を直していき、最後に礼拝堂をよみがえらせてくれた。

優秀な業者だ。期日にも間に合わせてくれたのだから。

この礼拝堂で、デュークは今日、リリーシアと結婚式を挙げる。

宮殿の舞踏会で求婚してから、三日目だった。

前々から準備も万全なおかげで、リリーシアのドレスも祝宴の手配もすべて揃っている。

満足のいく式になるだろう。

いや、すでに満足している。

並び立つリリーシアは、とても美しい。

どこか遠い目をしているようだが、視線の先にあるのは礼拝堂だけだ。できれば、こちらを見ていてほしいとデュークは思った。

白いドレスがこれほど似合うのはリリーシアだけだと思っている。

琥珀色の髪を緩く編んで、右肩に下ろしているところに、白い花を散りばめて飾っていた。まさに妖精そのもののようだ。

本当に妖精かもしれない、とデビュタントの彼女が月光の下で踊る姿を見てそう思ったことを思い出す。けれど彼女は人間だ。デュークのような人間が捕まえて囲ってしまえる、人間だった。

翡翠の瞳が、ようやく思い出したようにデュークを見た。

この視界に囚われるのを、どれだけ望んだことだろう。

この身体を、思うまま愛撫する権利を手に入れるために、どれほど頑張ったことか。

もともと、努力はデュークには無縁の言葉だった。やろうと思ったことを失敗したことはなく、一度聞けばほとんどのことを理解することができた。実家の貿易業を手伝うより、いろんなことを学びたいと王立学院に入って、創立以来の秀才だと褒めて煽(おだ)てられたものの、頑張ろうと思ったことはなかった。

あの日、デュークの意識のすべてを奪う彼女を見つけるまでは。

リリーシアは貴族だ。

なんの力もない平民が手を出せるような相手ではない。建国から続く、名門キングスコート侯爵家の令嬢ではなおのこと。

だがその内情は、貴族とは名ばかりのようだった。それなら、とデュークは彼女を手に入れる計画を何年もかけて作り上げ、実行した。

宰相省の仕事は悪くないと思っているが、これも彼女のために努力した結果の副産物でしかない。

トレーエルが自分の後継者に、とちょくちょく言っているのは知っているが、自分としてはこれ以上は望まなかった。

何しろ、とうとうリリーシアを手に入れたのだ。

結婚式は、侯爵家としてはかなり質素なものだった。

余計な人が来ることが煩わしいと思ったのはデュークだが、あまり知り合いや友人がいないリリーシアのためにも、格式張らない式にしてあげたかった。

参列者は彼女の家族である、キングスコート侯爵とその夫人。弟妹と、家族のように慕っている老夫婦。そしてデュークが連れてきた使用人たちだ。

デュークの家族を呼ぶと一段とうるさくなるので、知らせてもいない。

後日、リリーシアは友人だけを呼んでお披露目をする予定らしい。

いくらでもすればいい、とデュークは思う。

リリーシアが、何ものにも煩わされず、デュークの隣で花開くように笑って過ごしてくれるのなら、他に何も望まない。

いや、彼女が望むならすべてを手に入れてみせる。

これまでも、これからも、デュークはリリーシアのためにあり続ける。

そして今日、ついに、デュークはリリーシアのすべてを手に入れた。

リリーシアのためにできる努力は惜しまないつもりだったが、リリーシア自身の愛らしさは反則だった。

結婚の誓いを護るために、デュークは必死に堪えてきたというのに、リリーシアは言葉ひとつでそれを台無しにしてくれた。それが嫌だったわけではない。嬉しい誤算ともいえる。

しかしあんなにも可愛らしく、デュークを誘う術を身に着けられてしまうと、我慢などこれまで以上にできなくなる。

そう思ったものの、望んでくれるリリーシアのために、デュークはすべてを捧げるだろう。

これまでのように。

自分の身で、月に吸い込まれそうな妖精を、この地に留め置くことができる。

そう思っただけで、すでに身体の一部が熱くなり猛ってくる。

早くふたりきりになれないものか、とデュークは焦りで額に汗すら浮かんだ。

リリーシアに嫌われないように、好かれるように、彼女の家族に愛想を振り撒いて、できるだけ早く攫いたい。

そんなことまで考えていると、リリーシアが愛らしい口を開いてデュークを呼んだ。

「デューク様」

「なんでしょう、リリーシア様」

「本当に、私は、デューク様には感謝しかありません」

「感謝など……」

デュークは欲望の赴くまま行動したに過ぎない。

けれどリリーシアは真剣だった。

「私たちをどん底から救ってくれた。本当に、嬉しいんです」

「リリーシア様のためになったのなら、よかったです」

「それに、デューク様は……私を貴族にしてくれました」

「……はい？」

デュークは、珍しく意味を測りかねて訊き返してしまった。

これまで、一を聞けば十を知ってきたおかげで、リリーシアの言葉がわからず新鮮でもある。

リリーシアは呆れられたとでも思ったのか、恥じらいに頬を染め、続けた。

「キングスコート侯爵家は貴族です……貴族ですけど、私は貴族としての役割を全うせず、しようとも思わず、ただ毎日を生きるだけだった……いつか、ニコラスとジュリアが社交界に出れば、それだけでいい、と思っていたんです」

なるほど、と頷く。

リリーシアは、デビューの後、一切社交界に姿を見せない深窓のご令嬢とまで言われていた。キングスコート侯爵家の窮状は知れ渡っていたが、それならば婚姻でどこかに助けてもらおうと考えるのが貴族だ。

「……その、面倒だなって、思っていたのもあって」

恥ずかしそうに、申し訳なさそうに笑うリリーシアは可愛かった。

このまま愛撫し倒したいと思うくらいには。

「でも、それではだめだったんです……私は、貴族として生まれて、貴族として生かされているのだから。……領地も何もない、ただ血統を繋ぐだけの存在だとしても、誰かの役に立つ。それが貴族なのに。私は自分のことしか考えていなかった」

リリーシアがしょんぼりとするのなら、この国から貴族制度を廃止してもいい。

彼女が望むのなら、デュークは全力でなすだろう。

しかしリリーシアが望んでいるのはそういうことではないらしい。

「デューク様と一緒に社交界に出るのなら、私はもっと勉強して、この国の貴族として、責務を果たしたい――そう思えるようになりました」

だから、ありがとう、と笑って呟くリリーシアが愛しかった。

「私を、ちゃんとした貴族にしてくれたのは、デューク様、あなたです。……私を、選んでくれて……ありがとうございます」

それはデュークが言いたいことだった。

礼など、リリーシアは言う必要がないのに。

なのに、デュークの胸は、これまでにないほど熱くなっていた。

この温かさこそ、デュークが本当に欲しかったものかもしれない。

リリーシアに、こんなにも想ってもらえる。自分の人生が今もっとも、輝いているのだと思えた。

堪らず、にやけてしまいそうになる顔をどうにかしたくて、いつものように笑え、と表情を作った。

「……リリーシア様、私の弱みをご存じですね？」

「…………それは」

「それを使って、私をこれまで以上にいいように扱えばいいのです。そのための、弱みなのですから」

「…………」

リリーシアはそう言っても、声を噤んで迷っているようだった。

「答え合わせをしましょう……私の弱みを、おっしゃっていただけませんか？」

「………その」

「リリーシア様」

躊躇うリリーシアを促すと、ようやく彼女は愛らしく恥じらいながら、口を開いた。

「…………私？」

デュークは心から嬉しかった。

リリーシアに一生を捧げるつもりだが、自分の手綱も握っていてほしかった。

そのための弱みなのだ。

「リリーシア様。これからも、その弱みを楯に私になんでもおっしゃってください。私は、貴方の願いのすべてを叶えるために、ここまで来たのですから」

「――」

リリーシアは、デュークの言葉に目を輝かせた。

何か言いたいことがあるのだな、と気づいたが、それを言っていいものか、戸惑う姿が可愛くてならない。

「……どうぞ。何か、欲しいものがありましたか？」

できるだけ優しく問えば、リリーシアは頬を染めながら、答えてくれた。

「では……リリーシアと呼んでくださる？」

「……え？」

「私に、敬称なんてつけないで、名前を呼んで――ほしい。だって、ふ、夫婦なの……だから？」

ああ。

この人は、私を狂わせるただひとりの人なのだ。

デュークは自分をおかしくさせるほど愛しい人がいることは、幸運なのかそれとも振り回されるだろう未来を考えれば不幸なのか、考え込んでしまいそうになった。

けれど、今はただこの狂おしさに浸っていたい、と願った。

「——私に、愛されてくれるか、リリーシア」

「——」

リリーシアの言葉は、声になっていなかった。

それを幸いに、デュークはリリーシアの唇を塞いだ。

今日ばかりは、人前で奪っても誰も文句は言わないだろうと思ったからだ。

あとがき

まずは、この本を手にしていただき、ありがとうございます。
外見に迫力があってやればできる子が恋に落ちて一直線に頑張るお話です。
そんな人に頑張られた相手が大変ですが……うん、まぁ、このヒロインさんはこれくらいの相手でないと一生ひとりでいるか騙されて悪い方に転がるかな気がするのでこのヒーローで正解です！　ね！（多分）
そしてそんな外見に迫力があるヒーローですけどすごいです。綺麗です。美形すぎます……！　もう直視できないくらいのエロさでどうしたら！　とこっちが戸惑ったくらいです（笑）　そんな絵を描いてくださった石田惠美様。ありがとうございます。すごいです（大事なことなので二回目）。私の妄想突き抜けちゃってました。絵を見たとたん、こんな男が道端で告ってきたら逃げ出す！　ヒロイン正解！（ネタばれ）と思います。私の妄想世界がよりすごく広がったのではないでしょうか……幸せです。

私がそんなに幸せになれたのは、また本を出させてくださったハニー文庫様、そして担当様のおかげです。遅筆で妄想感極まりない私に付き合ってくださって本当感謝しかありません。

石田様や担当様のおかげで、書き終えた今でもまだ妄想が広がって、この先のヒロインの苦労（多分もっと苦労しそう）を面白く想像したりしています。

その気持ちが、この本を手にしてくださった皆様にも伝わればいいな、と思っております。

まだまだ世間は気軽に出歩くことすら難しいような状況で、家にいる時間、行動を制限させられることが多いかと思います。ですが鬱々とした時に、にやっと笑ってもらえるような時間を提供できれば、作家としてこれ以上の幸せはありません。

出来る限りたくさんの方へ、その気持ちが届けばいいなと思っています（宣伝だなこれ）。

また新しい妄想世界でお会いできることを楽しみに。

秋野真珠

秋野真珠先生、石田惠美先生へのお便り、
本作品に関するご意見、ご感想などは
〒101-8405
東京都千代田区神田三崎町2-18-11
二見書房　ハニー文庫
「目指すは円満な破談ですが旦那様(仮)が手強すぎます」係まで。

本作品は書き下ろしです

目指すは円満な破談ですが旦那様(仮)が手強すぎます

2021年11月10日　初版発行

【著者】秋野真珠

【発行所】株式会社二見書房
東京都千代田区神田三崎町2-18-11
電話　03(3515)2311[営業]
　　　03(3515)2314[編集]
振替　00170-4-2639
【印刷】株式会社 堀内印刷所
【製本】株式会社 村上製本所

ISBN978-4-576-21158-9

https://honey.futami.co.jp/